神秘學事典IV

深層恐懼
美國都市傳說

列宇翔 著

自序

都市傳說之所以吸引人，往往是一種疑幻疑真的朦朧感。當坊間沸沸揚揚談論：哪裡有詭異古怪東西出沒，你或者嗤之以鼻，但當不止一個目擊者言之鑿鑿，再自詡理性的人也可能心裡動搖——起碼不敢靠近所謂案發地點。某個地方相傳有鬼，你可能半信半疑，直至連新聞都說有人前往靈探，竟然集體中邪，大夥兒皆說見鬼，有人更須送院治理……令人不禁心想，就算這是所謂心理作用、集體歇斯底里，背後成因恐怕也非一句「迷信」就解釋得到。

美國立國接近250年(執筆之時為2024)，歷史說短不短說長不長，相比文明古國固然不能同日而語，比起歐洲諸國亦欠歷史厚度，但美國的傳說源流可以超越250年，因為一些傳說是由印地安人原住民那裡流傳下來，另一些則銜接歐洲傳說，例如撒旦、女巫、吸血鬼與狼人；亦有些故事與非洲或海地巫毒有關，此所以縱是民間故事，背後也可挖出許多錯綜複雜的脈絡。

而作為當代軍事與科技最強大的國家之一，美國的都市傳說自然不局限於靈幻與怪異，還會牽涉不少「秘密實驗」或「外星生命」(外星人要和地球人打交道，第一個接觸的理所當然是美國)。舉一例子，同樣是怪物傳聞，以往基督教文化圈會把怪物想像為魔鬼的傑作，而近代人則會歸咎到外星生命頭上，又或猜測是美國政府(尤其軍方或CIA)的實驗產物。與失蹤相關的傳說，更常常聯想到被外星人抓走了。因此美國都市傳說的樣式多變，頗能「與時並進」，不會講來講去都是歷史陳跡。

本書嚴選80個美國的經典都市傳說，雖遠未至包羅萬有無一遺漏，總算涵蓋面廣泛，由怪物到靈異到神秘現象到詭異奇談均有涉獵，唯一較少觸及的是陰謀論式傳說，皆因這範疇的傳聞，其前因後果較難三言兩語講清楚，或者將來有機會再另書處理。本書羅列之傳說，不少均影響深遠，為美國的流行文化提供不少靈感養分，所以有些故事，可能大家在看電影追劇集時已間接接觸過，只是未曾了解過原版傳說面貌吧。

傳說不必然真實(這樣說並不意味傳說都是假的)，但一個令人入信的傳說，往往有若干真實歷史、真實案件為背景，還有許多證供穿梭其中。那些證供可能十分荒誕，也有的可信度頗高，在辨別真偽的「fact check」過程中，你很可能會「入坑」迷上了這些看似荒誕不經的故事。

又或者，正所謂「認真便輸了」，且當趣聞、奇譚和怪談來聽便是，真與假又有什麼大關係呢？

列宇翔

2024年6月

目錄

Chapter 1 怪奇生物

Chapter 2 神秘現象

目錄

Chapter 3 陰靈不散

目錄

Chapter 4 詭異傳說

CHAPTER 1
怪奇生物

01

布萊登伯勒的野獸Beast of Bladenboro
神秘的狗隻殺手

地點：北卡羅來納州登伯勒鎮

20世紀50年代，北卡羅來納州布萊登伯勒鎮（Bladenboro）發現許多狗隻遇襲死亡。居民相信樹林裡有一隻吸血野獸，他們試圖獵殺這種生物。

如今，這陰影在鎮上已經消散，居民每年還會舉辦野獸節予以紀念。

1953至1954年冬季北卡羅來納州布萊登伯勒發生連串動物離奇死亡。

據目擊者稱，「兇手」很可能是一種野貓，但其身份之謎一直未解。綜合目擊證供，殺手生物「光滑、黑色」，高約50厘米、長約1.5米，長著一條長尾巴，大約35厘米。牠的顏色很暗，擁有一張和貓一模一樣的臉。

據報道，這種巨大野貓通常會將受害者壓碎或斬首，而受害者大多是狗。

1953年12月29日發生了可能是第一宗的「布萊登伯勒野獸」襲擊動物致死事件。發生地點是北卡羅來納州克拉克頓，距離布萊登伯勒約13公里。當時一位婦女聽到鄰居的狗在吠叫和嗚咽，她好奇出去查看，赫然看到一隻巨大、像貓一樣的生物潛入黑暗中。

1953年12月31日除夕夜，布萊登伯勒警察局長羅伊·福爾斯被叫到伍迪·斯托姆的農場，原來伍迪發現他的兩隻狗死亡，狗舍附近有大量血跡，門廊上到處都是血，一大灘血。門廊上有一灘口水。狗主報告說，其中一隻狗的頭頂被扯掉了，它的身體被壓碎了，濕漉漉的；另一隻狗的下顎被撕掉。牠們身上的血已經完全流乾了。

1954年1月1日，布萊登伯勒農場又發現兩隻狗死亡。1954年1月2日晚上，一名農民報告說他的一隻狗被殺。

1954年1月3日，又有兩隻狗被發現死亡。對其中一隻狗進行了屍檢，據報道，「它身上沒有殘留超過兩三滴血……下頜骨被撞開，骨折了。」

隨後幾天又出現更多死亡事件：1954年1月5日晚上，人們發現一隻寵物兔「被斬首，而且還很溫暖」；1月5日，有人目擊這隻野獸襲擊了一隻逃跑的狗，但最終神秘野獸跑了。在襲擊地點附近的小溪岸邊，可以看到動物腳印。

1月6日，一名叫道爾頓・諾頓（Dalton Norton）的小男孩報稱看到了「一隻大貓」，牠在離開前在門廊上「發出嬰兒哭聲」。

　　1月7日，布萊登伯勒附近的牧場發現了一隻死狗。另外還有一隻死掉的山羊，其頭部被壓扁。

　　1月11日，兩輛車停下來時，乘客見到一隻長1.2米的動物。車上的一名男子說，這隻動物的耳朵「看起來很短」，而且是「棕色的虎斑貓」。

　　當日警察局長羅伊・福爾斯（Roy Fores）帶著他的狗追蹤這個生物，但據報道他們無功而返。

大舉狩獵

　　其實在此幾天前，六名來自威爾明頓的獵人已在沼澤地周圍追蹤這種生物，足足追了4.8公里。據他們稱，足跡顯示爪子至少2.5厘米長，表明那是一隻重35至40公斤的動物。獵人說，這隻野獸的行動模式，表明牠可能在附近有後代或配偶。

　　1月5日晚，超過500人和狗在樹林和沼澤中進行大搜索，他們渴望捕獲到這隻野獸。部份獵人從田納西州趕來；來自北卡羅來納大學教堂山分校一群全副武裝的兄弟會成員亦前往鎮上，揚言要將野獸的頭放在牆上作為裝飾。

1月6日，800多人出動前往沼澤地獵殺猛獸。市長福爾斯打算把狗綁起來當誘餌，引誘這種生物出來，然而出於安全考慮，此計畫並未付諸實行，官員也宣佈結束狩獵活動。但在1月7日，又有800至1,000人聚集在一起捕獵這種生物。

　　到了1月8日晚，只剩來自北卡羅來納大學教堂山分校的四名兄弟會成員繼續狩獵。這是因為福塞爾市長正式終止了狩獵，除非該生物再次現身及有獵殺案件。當地政府有感前幾個晚上的武裝狩獵隊規模太大，不利於安全；再者福爾斯收到了北卡羅來納州阿什維爾一個人道協會的電報，抗議他計劃用狗作為誘餌。

　　1月13日，當地農民路德·戴維斯(Luther Davis)在距離城市6.4公里的大沼澤有所發現：一隻山貓陷進了鋼製陷阱，正在苦苦掙扎，於是開槍射中其頭部。他們將山貓掛在鎮中心的旗桿上，下面標語寫著「這是布萊登伯勒的野獸」。市長福塞爾告訴報紙，「布萊

路德·戴維斯和市長伍德羅·福塞爾在被困的山貓旁邊

登伯勒的野獸」已經被抓住並殺死。

巧合的是，同一天，來自塔博爾市的布魯斯‧索爾斯（Bruce Soles）在離開布萊登伯勒時，開車撞到了一隻貓。布魯斯稱牠「像豹子一樣」，高約50至60厘米，體重在35至40公斤之間。他把貓帶回了塔博爾城的家。

然而，有人質疑這麼小的貓能否殺死並咬傷狗。許多報導均將布萊登伯勒野獸描述爲貓科動物。但質疑者也另有見解。

有人把這種動物描述爲「類似於熊或豹」。威爾明頓獵人 SW Garrett 則聲稱在狩獵時聽到生物的尖叫聲，並形容爲類似黑豹的尖叫聲。不過，羅利州立博物館館長哈里‧戴維斯（Harry Davis）認爲，黑豹在美國從未出現過，並指出「布萊登伯勒的野獸」可能是土狼。其他理論包括美洲獅或者狼獾。

慶幸當地再沒發生大量狗隻受襲事件，但亦因此，神秘殺手究竟是否山貓抑或其他兇猛生物，這謎團可能永遠無法解破。

暴擊怪物Billiwhack Monster
半羊半人的人形怪物

地點：加州聖保拉地區

這種「怪物」高達 10 英尺，身材高大、肌肉發達、長著長爪，擁有巨大的力量，能夠將一個成年男子舉到空中。

牠頭上長著扭曲的公羊角，頭髮灰白，一身蓬鬆的白色皮毛。牠是一種潛伏在陰影中的類人生物，會恐嚇路人並向汽車投擲石塊。

會襲擊人和汽車的類人生物

在美國文圖拉縣聖保拉地區附近，圍繞卡穆洛斯牧場（Camulos Ranch）一帶，一種具攻擊性、疑爲山羊與人類的雜交生物出沒。人們在阿利索峽谷路（Aliso Canyon Road）上遇到過牠，也有人在Billiwhack 乳品廠和牧場（Billiwhack Dairy and Ranch）附近的惠勒峽谷路（Wheeler Canyon Road）遇過牠。這種生物被稱爲暴擊怪物（Billiwhack Monster）。

20世紀50年代，最早遇到半羊半人人形生物的目擊者是一群青少年。怪物向他們的汽車投擲五十磅重的大石頭，更敲打汽車的引擎蓋，留下凹痕。據報道，怪物還手持一根大棍棒。

其後，一名9歲男孩報稱在Billiwhack乳品廠附近遭到一種奇怪生物襲擊，他的手臂和背部都被抓傷。此外，一名就讀高中的青少年大膽闖入廢棄的牛奶場，聲稱見到在「洞裡咆哮、毛茸茸的男人」的東西。

1964 年，當地報紙的頭條新聞報道，一對徒步旅行者聲稱，一個長著公羊角的毛茸茸的怪物跟蹤了他們幾個小時。同年，許多駕駛者報稱，一隻巨大的野獸猛擊他們的汽車引擎蓋。

二戰實驗產物？

陰謀論認爲，暴擊怪物可能是二戰期間的秘密實驗產物，旨在創造超級士兵。

話說暴擊怪物出現地點之一的 Billiwhack 乳品廠，乃由奧

古斯特‧魯貝爾(August Rubel)創辦和經營。這人是瑞士移民，於1922年搬到文圖拉縣，並於1924年創立了乳品廠。1917年至1919年間，他在美國戰略情報局（OSS）服役，OSS是中央情報局的前身。傳說稱，戰略情報局指令魯貝爾在乳品廠下面進行實驗，包括試圖製造超級士兵。

乳品廠下面有一個由隧道和房間組成的建築群，魯貝爾終日在那裡努力創造某種無敵士兵。他的實驗結果是一個 10 英尺高、長著公羊頭的雙足混合體，一些當地人稱之為Chivo Man。

都市傳說言之鑿鑿，謂魯貝爾後來被派往海外，並於1943 年執行秘密任務時神秘死亡。但也有研究者指出他實際上是駕駛救護車時撞上了德國地雷，死於突尼斯。

當魯貝爾死後，實驗室裡的雜交生物就只好自生自滅了。暴擊怪物或許因此逃脫，從此使當地不得安寧。

奇怪的是，「暴擊怪物」並不是該地區唯一怪奇生物。1939年，有幾個人報告說在Billiwhack品廠以西約 15 英里的小鎮奧海(Ojai)看到一隻奇怪的半猴半人生物。這隻生物像十二歲男孩大小，手臂細長，皮毛黑色。凱瑟琳‧拉夫伯勒夫人抱怨說，這隻猴子從她的雞舍裡偷走了兩隻雞。幾周後，湯姆‧理查茲夫人看到這隻猴子偷吃她的玉米。

這些雜交怪物是幻覺抑或眞有其事？牠們是OSS的實驗失敗品嗎？

03

厄夜怪客Bogyman
專抓頑皮孩子的怪客

地點：美國不同地區

幼童們不聽話，華人家長會以「拐子佬」、「拐子婆」來嚇唬小朋友。在美國，也有一種厄夜怪客（boogeyman），專門對付頑皮仔。

美國民間口耳相傳的厄夜怪客（boogeyman）

美國人所熟悉的「厄夜怪客」是一種兼具神秘動物及人類特質的雄性怪物。美國的老太太們世代相傳講述一種邪惡的生物，專門懲罰頑皮的小朋友。

　　相傳厄夜怪客會來到本應睡著的孩子的臥室，如果發現孩子們醒了，他們就會把孩子塞進袋子裏抓走。而孩子的命運，要麼被吃掉，要麼落入怪物的手中，永遠回不到父母家人的身邊。。

　　不同家庭或不同地區，對這妖怪的描述亦不盡相同。有時他們具有某些動物的特徵，例如頭有角，腳有蹄，或外表根本是一隻奇形怪狀的蟲。更甚者，他是一種精靈、惡魔、女巫和其他傳奇生物。

　　有時，他只是一個穿著黑色連帽斗篷、肩上掛著大麻袋的老人或大漢，專門綁架壞孩子。他多數是雄性，但也可以是雌雄同體的怪物。但無論他是人是妖，總有一些共通點，例如有爪子或鋒利的牙齒。

　　在美國中西部的一些州，厄夜怪客會抓窗戶至見到爪痕。在太平洋西北地區，他可能會出現在「綠霧」之中，或隱藏在床底下和衣櫃裡。

　　Bogeyman這個字在英文中用來形容魔鬼，來自中古英文bugge或bogge，意思是「可怕的幽靈」。在美國南部的農村地區，

他有時被稱爲「Boogerman」或「Boogermonster」。

厄夜怪客是恐怖的縮影，其兇惡程度可分爲三級。第一種最善良，他們保護弱者，只懲罰有罪的人，無分年齡大小，要是犯錯的是成年人也照抓不誤。第二種只是嚇唬孩子，實際上並沒有造成太大的傷害。最惡毒的厄夜怪客會在晚上偷走孩子、施以暴力處罰，甚至吃掉他們。據說，厄夜怪客會把「疣」這種病傳染給人類。

據說，「厄夜怪客」的出現可以追溯到1500年代，甚至更早。似乎這怪物只是家長們用來防止幼兒天黑後到外面玩耍的法寶。須知道，居於山區、效野一帶的居民，住處甚爲荒僻，倘若孩子太有冒險精神，往森林裡亂跑亂闖也不足爲奇，適當的恫嚇有其實際作用。

有人相信，傳說中在新澤西州南部森林出沒的「澤西惡魔」(Jersey Devil)，其實是厄夜怪客的變體。澤西惡魔通常被描述爲一種有蹄的兩足飛行動物，看起來類似袋鼠，有馬頭和皮革質的蝙蝠翅膀、角和爪子。這神秘生物會發出「令人毛骨悚然的尖叫聲」。

切西Chessie
美國版的尼斯湖水怪

地點：切薩皮克灣

大海無垠，至今仍有未曾公諸於世的海中生物被科學家發現。位於馬里蘭州和維吉尼亞州之間切薩皮克灣（Chesapeake Bay），是美國最大的河口，面積約11,601平方公里。那裡是3,600多種植物和動物的家園，包括藍蟹、牡蠣、石斑魚、大藍鷺等標誌性物種，說不定，還有見首不見尾的海怪。

水中未知的爬行動物

與大多數海怪一樣，切薩皮克灣的故事據說可以追溯到至少一百年前。20世紀初，當地漁民和水手已流傳水裡有一種背上有駝峰的大型蛇狀生物。

1936年，馬里蘭州一家名為《巴爾的摩太陽報》的報紙發表了一篇文章，報道有飛行員在切薩皮克灣目擊海蛇。據稱，一架軍用直升機的飛行員在飛越布希河（巴爾的摩附近）時看到「水中有未知的爬行動物在扭動」。報紙文章發表後，大量古怪生物的目擊事件開始出現。

大抵由於世界各地有水怪冒出的勢頭，1943 年，切薩皮克灣牡蠣包裝公司開始使用海怪作為吉祥物，並將其取命為「切西」（Chessie）。切西的知名度從此開始飆升，成為切薩皮克灣地區的代表象徵。

1980年代，許多居住在肯特島的人也聲稱看到了切西。7月，來自馬戈蒂河烏爾姆斯特德莊園碼頭的客人觀察到「三個光滑的略呈三角形的黑色厚駝峰均勻地分佈在水面上」；8月，亞歷山大的羅莎蒙德・海耶斯（Rosamond Hayes）在東灣的普羅斯佩克特灣（Prospect Bay）見到一種不尋常的生物。9月，在弗吉尼亞海灘海灣大橋隧道附近，目擊者聲稱發現一種奇怪的生物，「肯定不是海牛」。

到了1982年，穿越切薩皮克灣大橋的駕駛者報告稱，在下面的水域中看到了一種類似切西（Chessie）的大型生物。這次目擊事件

引起媒體的關注，再度激發世人對切西的興趣。

「一根像蛇一樣游泳的電線桿。我們這裡有四、五個、六個人——我們都看到了它。」鮑勃・弗魯（Bob Frew）揚言，他是第一個攝錄切西（Chessie）影像的人，時為1982年。「它繞過島的另一邊，到達岩石上一個叫三葉草田的地方，那裡的一位商業藝術家畫了牠的草圖。」

那是5月的一個晴朗夜晚，弗魯和妻子在海灣沿岸的家中招待朋友。晚上7點30分左右，弗魯向外眺望景色優美的海灣，這時他看到有東西逆著潮水漂浮。那是一條長長的物體，看起來有將近三十英尺長。弗魯和朋友們敬畏地看著，並用相機捕捉這生物。這段模糊的片段在電視上播出，但這並不是切西第一次或最後一次為人目擊。

在1982年和1983年期間，又出現了幾次目擊事件，目擊者將切西描述為一種像蛇一樣的生物，帶有綠棕色的小駝峰。從那時起，每隔一段時間，就會有目擊事件再度炒熱。最近一次有關切西的熱潮在 2014年，當時一名男子告訴當地一家報紙，他看到一條巨大的蛇狀生物在馬戈蒂河上游。

究竟切西是什麼？1994年夏天，有人見到一隻重達1,100磅的佛羅里達海牛在切薩皮克灣及其潮汐支流的水域中徘徊。由於水域一帶向來有切西的傳說，人們索性替那海牛取名為切西（Chessie）。海牛

留下來享受海灣溫暖的海水，然而，到了10月初，天氣出現異常，水溫驟降至華氏60度。馬里蘭州自然資源部野生動物獸醫辛迪·德里斯科爾迅速找到了切西，在美國海岸防衛隊協助下，海牛返回佛羅里達州。最後動物保護組織的工作人員爲牠作了標記，放回大自然。

傳說中的切西眞身，會是一頭海牛嗎？一條巨鱘魚、巨型鰻魚、一群水獺，未知種類的大蛇？有人主張所有個別目擊均只是人類的集體想像力，亦即幻覺。也有人堅信是史前海洋爬行動物的後代，例如蛇頸龍或滄龍，以某種方式倖免於滅絕，在海灣的生態系統中存活繁衍。

眞相還在海灣裡靜待發掘。

多佛惡魔 Dover Demon
染病狐狸還是小灰人？

地點：馬薩諸塞州多佛

多佛惡魔的現身僅為曇花一現，其後似乎再沒有目擊個案。研究者常拿牠與外星人相提並論，指牠與一種著名的外星生物「小灰人」極為相似。

　　跟許多都市傳說一樣，多佛惡魔的描述也有好幾個版本，所述頗有出入。這裡綜合並簡介如下：

　　1977年4月21日晚上10時半左右，美國馬薩諸塞州多佛小鎮，三名青年駕車回家途中，目睹一個詭異生物。三人中的Bill Bartlett，目睹石牆附近出現一個奇怪生物。

　　那生物的身體猶如嬰兒，周身無毛及禿頂，皮膚顯得異常光滑（亦有資料說皮膚粗糙），一顆大頭長在細長脖子上。牠的雙眼散發橙光，手腳修長，手掌巨大，只有四隻手指，手指細長而指尖腫大。

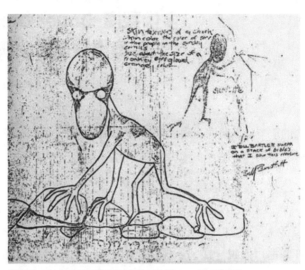

Bill Bartlett所目擊的奇怪生物（Bill Bartlett繪畫）。

　　怪物僅在他視線停留幾秒鐘便失去蹤影。同行的兩人均看不到這一幕，認為Bill要不是眼花要不是瘋了。一小時後，一名15歲的青年 John Baxter 獨自步行回家，見到一隻「像猿的腦袋，明亮的綠色眼睛」的生物，他趕緊叫人來抓捕，可是回來後生物已不見了。第二天晚上，Will Taintor 與 Abby Brabham 兩名年輕人駕車回家，Abby見到一隻怪異生物，她如此形容：「所有的毛都脫落了，沒有頭髮，有一雙發綠光的眼睛。」

　　其後，Bill Bartlett把生物的模樣畫下，寄給當地雜誌社，並以小鎮名字為其命名為「多佛惡魔」（Dover Demon）。

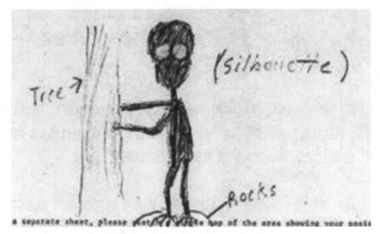

John Baxter版本的多佛惡魔（John Baxter繪畫）。

有些人認為，此生物實際上是染病的狐狸，那種病可導致動物嚴重脹氣，身軀發脹；另一說則指該生物可能是一隻初生的麋鹿。

多佛惡魔的現身僅為曇花一現，其後似乎再沒有目擊個案。研究者常拿牠與外星人相提並論，指牠與一種著名的外星生物「小灰人」極為相似。

多佛惡魔與小灰人共同點

從眾多的證供中，小灰人的造形頗為一致：其身高平均僅約一米，頭部特大，眼睛又黑又大卻沒有瞳孔。具耳朵，鼻有兩個小孔，嘴巴只有一條縫，沒有嘴唇、頭髮和牙齒，指縫間長蹼，但沒有拇指。

仔細比對一下，多佛惡魔確與小灰人頗多雷同之處：光頭、裸形、無毛、大眼、頭大身小、僅有四指……難道只是如有雷同，實屬巧合？

　　關於外星人，已偏離本書探討的範圍，因外星話題牽涉的個案探討、外星訊息、科學假說、政府陰謀太多太多。但既討論多佛惡魔，也避不了談談小灰人的種種傳聞，姑且聊備一說。

　　最有名的小灰人當然是羅茲威爾外星人，相信年過三十的朋友對此印象深刻。以下這段是寫給年紀尚輕的讀者看的：當年，一段哄動全球的「解剖外星人紀錄片」在多個地區播放，香港某已倒閉的電視台購下版權，將短短的影片剪碎拖長，製作成極冗長的多集節目，藉此增加收視率。那年頭，互聯網仍未盛行，觀眾明知搵笨，由於缺乏其他收看渠道，仍不得不乖乖坐在電視機前無奈地追看。

　　不少人均斷定該影片是偽做的，因為太多不合理細節，製作也太粗疏了些。然而，許多相信外星生命的人士仍堅信羅斯威爾事件屬實，那偽造影片旨在擾亂公眾視線，讓大家誤以為一切外星個案均是虛構的。

　　在外星生命領域的「常識」裡，外星人不止一個種族，羅斯威爾事件的主角正正是小灰人。小灰人乃在地球最活躍的外星種族之一，首次目擊個案在1961年，之後不斷有言之鑿鑿的目擊報告，當中超過七成在美國發生。

外星生命研究者相信，小灰人來自39光年之外的網罟座，是一種智能生物，來地球是爲了進行醫學實驗，所以經常綁架人類。被綁架的受害者接受催眠回溯記憶，經常勾勒出小灰人的形貌特徵。

當然也有專家唱反調，有人認爲小灰人只是兒童成長期的殘留記憶，因爲小灰人的臉形很像人類嬰兒時對母親的記憶，此理論稱爲「母親假說」。

如果多佛惡魔眞有其事，牠在1977年一案屬首次現身，還是以前也出現過？

從古代遺物中尋找線索，多佛惡魔的形象，可能自遠古已存在。一些雕像人偶、壁畫人物，看起來也甚爲妖異。如澳洲金伯利地區具4000至5000年歷史的洞穴岩畫，繪有一種長著倒三角型三角型腦袋，大眼睛的生物形象。將之與多佛惡魔（或小灰人）聯想起來也不爲過。當地原住民相傳，壁畫所繪者是神靈，名爲萬吉納，一切世間萬物，皆由祂在睡夢中所創造。

熟悉印度吠陀文化的朋友可能會聯想到：這不正是「梵天一夢」嗎？

被稱爲Wandjina的澳洲原住民壁畫，住於西澳洲金伯利地區的Wunnumurra峽谷。

06

福克怪物 Fouke Monster
阿肯色州版大腳野人

地點：阿肯色州福克

福克的沼澤溪怪物是阿肯色州版本的大腳野人。人們普遍認為他身高約7或8英尺，全身長滿頭髮。傳說他在阿肯色州鄉村的小溪裡漫步。

曾經有多部電影或影集以牠為主角，其中包括1972年的《沼澤溪傳奇》。

《沼澤溪傳奇》宣傳照

「福克怪物」(Fouke Monster)——有時也被稱爲「沼澤溪怪物」——是一種類似大腳野人的生物，據說出沒於從阿肯色州南部的硫磺河谷一直延伸到福克小鎮的小溪網絡中。多年來，無數人見過這種生物，包括受人尊敬的公民、經驗豐富的獵人、著名的音樂家，甚至還有一名警察。

福克(米勒縣)Fouke(Miller County)是阿肯色州西南部的一個小鎮，早在20世紀70年代初，已有米勒縣居民報報稱遇到神秘生物。牠第一次被發現是在1834年，當時目擊者報告說他看到了一個體型龐大、毛茸茸的「野人」在阿肯色州周圍遊蕩。

1920世紀40年代，福克周邊地區開始出現目擊事件。1946年，一名居民向米勒縣警長萊斯利·格里爾報稱，在家附近看到了一種奇怪的生物。

時間跳轉25年。1971年5月，鮑比·福特(Bobby Ford)向福克警官報告說，他在家裡遭到一隻毛茸茸的生物襲擊，該生物呼吸粗重，眼睛紅紅，移動速度非常快。福特說，這個人形生物大約7英尺高，胸圍3英尺，用手臂摟住自己的肩膀。幸而福特掙脫並僥倖逃跑了。他因輕微擦傷和休克而在當地醫院接受治療。

其實，這生物已經在福特家附近徘徊好幾天了，而且目擊者不止一人，包括他的兄弟和一名狩獵夥伴。福特的妻子伊莉莎白表示，在5月1日深夜，她看到一隻毛茸茸、長著爪子的手臂從紗窗伸

進屋內，她還看到生物擁有一雙紅眼睛。

福特和他的狩獵夥伴拿著手電筒在房子後面察看，果然發現了此生物。兩人向生物開槍，並以為怪物受傷墜落。兩人追蹤跑過去，未幾福特聽到女人的尖叫聲時，他趕緊跑回房子，豈料一回到家就遭到攻擊。他們又向該生物開了幾次槍。把怪物趕跑。福特被送往特克薩卡納的聖邁克爾醫院接受治療，背部有大處傷口。

可是調查人員並未在福特家中發現血跡，但在房子附近發現了三趾腳印，門廊上有刮痕，壁板和窗戶都有所損壞。

當時擔任《特克薩卡納公報》(Texarkana Gazette)和《特克薩卡納每日新聞》(the Texarkana Daily News)記者的占‧鮑威爾(Jim Powell)和時任特克薩卡納廣播電台(Texarkana radio station ,KTFS)主任的戴夫‧霍爾(Dave Hall)前往福特的住處，目睹這家人正在驚慌失措地搬離。

鮑威爾在報紙上發表了一篇文章，概述了福特一家人聲稱的目擊和遇襲事件。第二天，《特克薩卡納公報》和《特克薩卡納日報》發表後續報導，並首次用上「福克怪物」這名字。美聯社和合眾社國際通訊社將這篇文章轉發至全國各地的報紙。

1900年代，福克周圍的目擊事件變得更加頻繁。光是1997 年，居民就目睹這種怪物超過40次。有人認為這種動物是夜間活動的，

但2000年，一名獵人報告在福克附近的硫磺河野生動物區，在光天化日之下看到這種動物。

1972年，這一事件被拍成了一部低成本電影《沼澤溪傳奇》(The Legend of Boggy Creek)，這是一部講述此生物和小鎮的偽紀錄片驚悚片，由一些目擊者和福克居民主演。

直到今天，在特克薩卡納東南部的福克小鎮附近，仍偶有聲稱遇到這種神秘生物的報告。有些人認為，所謂沼澤溪怪物實際上只是黑熊，不過遭人誤認了。雖然黑熊不是雙足行走，但牠們可以用兩腳站立。

筆者認為，放著數十年至百年前還可說「錯認」，因為那時資訊流通不便，但若然時至日仍有目擊個案（儘管始終欠缺確實證據），以今時今日的科技，還有可能把黑熊認為「野人」嗎？

07

山羊人 Goatman
多個州出現的怪奇生物

地點：馬里蘭州、德州、肯塔基州

在美國，好幾個州都有關於山羊人（Goatman）的傳說。牠們之間，似沒什麼聯繫，但爲什麼不同州也會有模樣類似，但情節不同的怪物？

不同地區各自有山羊人，但外形的描述相似。

馬里蘭州山羊人：喜歡吃狗

其中一個著名的山羊人傳說來自馬里蘭州深處。牠被描述為半人半羊的生物，喜歡吃狗，並且發出像山羊一樣的尖叫聲。這城市傳說的具體起源至今仍然無從得知。

如果你駕車時遇到山羊人，千萬要小心，據說牠會砍破車胎，跳上汽車，讓人無法逃脫。

山羊人原本可能是人類，他曾經是一位在貝爾茨維爾農業研究中心工作的科學家。當時，他正在進行有關山羊的實驗，奈何有一天實驗出現了意外，導致他變成了半山羊的怪物：山羊人，真是典型的科幻片情節。相傳，由於此怪物變得如此龐大，以至於美國農業部不得不公開否認他們意外創造了這種生物。

另一個故事說，他實際上是一位養山羊的牧民。在發現有人殺死了他的山羊後，他陷入瘋狂並殺死了許多青少年。

山羊人的傳說大概在1971年起廣為流傳。皆因當時有一家人站出來，哭訴新養的小狗被殘忍殺害，並指控行兇者便是山羊人。

德州山羊人：得罪3K黨

德州有另一個山羊人，他經常出現在老奧爾頓橋附近。這座橋連接著丹頓和銅峽谷，被稱為「山羊人橋」，大家應該猜想到原因

了。是的，據說山羊人經常在橋周圍的森林裡出沒。

德州版的故事源自一位名叫「黑山羊」的農民。他和家人住在老奧爾頓橋北側。雖然他是農民，也善於經商，據講是一位可靠而誠實的商人。北德克薩斯人愛稱他為「山羊人」。大概是有名氣啦，農民索性在橋上豎立了一塊牌子，上面寫著「山羊人家就在這邊」。

不曉得樹大招風或得罪惡徒，當地的三K黨成員對農民看不順眼，竟決定採取激烈暴力行動。他們綁架了農民，並在老奧爾頓橋上懸掛了絞索，將他吊死。

靈異的情節由此展開：當惡徒們低頭查看他是否已死，農民竟然已經消失無蹤。緊接著，三K黨成員自然驚慌失措。但驚恐並沒有令惡徒遠走高飛或放下屠刀，他們反而跑到農民的家，把他的妻子和孩子一一殺害。

這都市傳說比較缺乏邏輯與細節，我們不知道故的後續。只知道當地居民向外人講故事時，均會附帶警告說，如果遊客在沒有亮燈的情況下經過橋，山羊人會在另一邊出現。當地人還會告誡游客：千萬不要惹惱山羊人。

多年來，有人報稱在附近看到奇怪的燈光和幽靈般的人物；也有人聲稱被觸摸、抓住，甚至遇到山羊人向他們投擲石頭。

肯塔基州山羊人：
透過催眠或模仿聲音將你引向死亡

第三個山羊人的故事發生在肯塔基州。

關於肯塔基州山羊人的誕生，目前還沒有明確共識。有人說他是一名馬戲團演員，有人說他是一位農民。至於因何由人變妖，其中一說法指出，因爲這人爲撒旦折磨了一群山羊，又與魔鬼簽訂了契約，喪失掉靈魂，最終變成可怕的山羊怪物。

另一版本說，有一天，一列馬戲團火車穿過棧橋，結果脫軌，其中一輛車裡有一個馬戲團怪胎，他本身模樣生得像山羊，死後便化爲山羊人。

當地人對山羊人外貌達成了一致意見：深色皮毛、蒼白皮膚、擁有山羊腿和角。

山羊人是一種非常狡猾的生物，他會做各種各樣的陰險事情，例如他有能力透過催眠或變聲，譬如模仿孩子們呼救的聲音，試圖欺騙你登上棧橋的死亡陷阱。

據說這怪物躲在路易斯維爾教皇利克溪下的橋下，常誘使人們走向火車軌道，意圖令倒霉鬼被迎面而來的火車撞擊。

本來，都市傳說大可姑妄聽之，但這故事卻不幸地釀成悲劇。據

《華盛頓郵報》報道，2016年，一名俄亥俄州婦女因尋找「山羊人」，不慎從橋上墜落身亡。究竟純屬意外、靈體作祟，抑或怪物走到她背後用力一推，真相恐怕難以大白。

08

格倫奇怪物Grunch Monster
版本眾多的恐怖生物

地點：新奧爾良

在新奧爾良，存在著一種人獸混合體，它具有爬行動物般鱗狀的皮膚、山羊的角和惡魔般紅色眼睛。有些人甚至聲稱這種生物具有變形或隱形的能力，可以在不被發現的情況下追蹤獵物。新奧爾良居民將這種生物命名爲「格倫奇怪物」（Grunch Monster）。

格倫奇怪物（Grunch Monster）

傳說中，「格倫奇怪物」的歷史可以追溯到新奧爾良早期定居的時代。

最早的目擊記錄可以追溯到1820年代和1830年代，當時新奧爾良還是一個相對較小且孤立的邊境前哨基地，周圍環繞著大片未開墾的沼澤地。據說古代美洲原住民的鬼魂，與鱷魚、黑豹和毒蛇一般，同樣是對居民非常真實的威脅。

傳說，格倫奇怪物來到這片荒野，沿著一條偏遠的貝殼路（後來被稱爲格倫奇路Grunch Road），安了一個家。大多數記錄都將此路定位於新奧爾良東部的某個偏遠地區，靠近小伍茲社區。然而，如果你搜索新奧爾良的「Grunch Road」，將很難找到什麼結果。許多人認爲它已經被鋪平並重新命名。原來，本來的格倫奇路現在被稱爲甘農路（Gannon Road），即現在被稱爲「小森林」的地區。如今，這個地區已經相當城市化，很難成爲神秘生物的藏身之處。然而，甘農路距離Bayou Sauvage國家野生動物保護區不遠，這是一個巨大的自然區域，很容易隱藏一些凶猛的野獸。

據傳格倫奇怪物正住此處，與牠相伴的還有幾個古老的鬼魂。有關夜間漂浮的燈光和奇怪叫聲的故事至今仍在流傳。而關於「格倫奇怪物」的照片不斷出現，使牠的傳說繼續生動。

版本1：與山羊人相似

格倫奇怪物其一版本，最常見的描述是一種像山羊的生物（不妨

對照本書其他的山羊人故事），它有著堅韌或鱗片狀的黑灰色皮膚和鋒利的刺，背上長著長角或羽毛。這種生物的身高約爲1至1.2米。

據說當它受到驚嚇時會發出狼一樣的嚎叫、女妖一樣的尖叫或者猿猴一樣的咆哮和尖叫聲，並散發出強烈的惡臭。許多報告指出，它的眼睛發出不尋常的紅橙色或藍綠色光芒。一些目擊者報告說，它們有著長毛皮，像山羊一樣有灰色斑紋。甚至有人說，它有像蝙蝠一樣的翅膀，可以飛來飛去，使這種生物更加恐怖。

這種怪物常常襲擊家畜和寵物，它們的屍體散落在河邊，血液被吸乾。然而，這種生物的獵物並不僅限於動物。有些故事說，孤獨的旅行者或熱戀中的情侶冒險穿越格倫奇路，但從此沒有返回人間。相傳，被襲擊的人也會變成格倫奇怪物，一如吸血鬼傳說。

版本2：與卓柏卡布拉相似

根據不同的傳說，「格倫奇怪物」有多個版本。其中一個版本，與北美版本的卓柏卡布拉（Chupacabra）極爲相似，卓柏卡布拉通常被描述爲類似狗的生物，具有某些爬行動物的特徵。據說這種怪物擁有發光的紅色眼睛，夜間甚至可以從遠處看到。衆所周知，它會通過一個小孔吸取動物的血液，這意味著這種野獸有一張圓嘴，上面有一排圓形的牙齒。

自從1990年代初在波多黎各，以及之後在墨西哥和美國南部，已多次有人目擊這怪物。有人看到自家牲畜被卓柏卡布拉殺死。這

種怪物身高約兩英尺，有點像狗，但能像人一樣直立行走，行動迅速。儘管體型矮小，卻能跳到六米高的地方。

牠的眼睛是銅藍色的(或者是紅色)，牙齒尖銳，上排牙齒比下排長得多。皮膚表面光滑，沒有毛髮，兩側有袋狀腺體。據目擊者描述，當牠進食時，會用舌頭上的尖管插入獵物體內，直到吸乾血液爲止。

直到近代，仍然有人偶爾報告發現疑似卓柏卡布拉的生物。例如，在2012年，有人在聖地牙哥海灘目睹了一隻長著巨大獠牙和白色毛髮的奇異生物。在2013年，美國密西西比州的一名獵人聲稱殺死了一隻卓柏卡布拉，保留了顎骨、耳朵和指甲供研究之用。

科學家認爲所謂的卓柏卡布拉實際上是受到疥癬蟲感染的郊狼或其他犬科動物。對部分目擊案例來說，郊狼可以作爲一種解釋，但在1995年之前，大多數的「證供」都表示卓柏卡布拉是一種「兩足、能直立、背上有尖刺」的異種生物。後來這些特徵逐漸改變，人們才開始認爲其特徵類似犬科動物。

有些傳說聲稱格倫奇是犬科動物和卓柏卡布拉的混種後代。然而，與傳統的卓柏卡布拉不同的是，據說格倫奇比外表更聰明，並且具有類似人類的技能，例如開門和使用工具，像猴子或靈長類動物一樣。

能使用工具及模仿人類語言

格倫奇絕不是另一種盲目的掠食者。倖存者提到，此怪物火熱的眼睛背後潛藏著一種不可思議的智慧，一種邪惡而近乎人類的狡詐，與任何正常動物不同。據說格倫奇能夠開門、使用工具，甚至模仿人類語言引誘受害者走向毀滅。有人聲稱這種野獸甚至可以穿過牆壁。

版本3：魔鬼嬰孩

另一個版本是：有人相信這個怪物實際上是瑪麗·拉沃（Marie Laveau）的孩子，她是19世紀新奧爾良著名的草藥師，通常被稱為「巫毒女王」。故事如下：拉沃照顧一個畸形嬰兒，這個孩子後來被稱為「魔鬼嬰兒」。

拉沃據說生下或收養了一個畸形嬰兒（有人認為是她自己的孩子，但也有人說她只是養母）。這個嬰兒被認為是魔鬼的後代。為了阻止這個邪惡的孩子繁衍下去，拉沃試圖用黑暗的儀式將其閹割。據說，當拉沃切除了它的睪丸後，兩個睪丸變成了雄性和雌性的格倫奇。這些怪物隨後襲擊拉沃，幾乎將她殺死，然後逃入附近的格倫奇路樹林，繁殖出它們嗜血的後代。即使到今天，任何被這些生物咬傷的人都會變成格倫奇。

版本4：白化矮人後代

傳說中有一個完全不同的版本。在新奧爾良東部地區的樹林，居住著一個白化矮人近親家族，他們以山羊和人類為食。這群人是

白化病和矮人部落的近親後代。起初，他們並不是這樣的，但由於被恐懼和迷信的新奧爾良人趕進沼澤，他們被迫世世代代與外界隔絕。由於這些被放逐的人遠離社會生活，近親繁殖變得普遍，最終導致他們發瘋並嗜血成性。他們開始在格倫奇路周圍地區獵殺農場的動物和人類。

在早期的新奧爾良社會中，由於這些人的外表不尋常，他們被認為受到了魔鬼的詛咒。因此，在某些版本的故事中，這群人確實將自己的靈魂出賣給魔鬼以換取保護。然而，為了完成這個交易，他們不得不從附近的農場偷取動物作犧牲品。在某些版本的故事中，他們甚至殺害人類。牠們經常將一隻受傷的動物留在路旁，等待人們前來解救。然後，在路人毫無防備的時候，它們將人類綁起再加以殺害，喝取他們的血。

不過我們得強調，這個故事對於白化症患者和侏儒症患者都是極具冒犯性的。

在歷史記錄中，充斥著類似「格倫奇怪物」的掠奪行為。其中一個最令人毛骨悚然的事件發生在內戰期間。當時，一群南方聯盟士兵在密西西比河沿岸紮營時，遭到從沼澤中出現的「有角惡魔」的野蠻襲擊。士兵們一起開槍射擊，驅趕了這些野獸，但兩名男子卻被撕成碎片。他們將這個怪物稱為「查爾梅特惡魔」（Chalmette Devil）。「查爾梅特惡魔」的傳聞困擾了該地區數十年。

另一波目擊事件發生在20世紀初，當時城市人口急劇增加，開發開始侵占這些生物的沼澤領地。1909年，一位名叫埃爾默·卡斯廷(Elmer Castine)的有軌電車司機報告了一次可怕的遭遇。當他駕駛著電車疾馳於一段偏僻的軌道時，遇到了一隻「巨大而毛茸茸的野獸」。這隻野獸跳上他的車後座，開始用爪子抓著車窗。卡斯廷的故事成為全國各地的頭條新聞，引起了人們對格蘭奇傳說的新興趣。

卡特里娜颶風過後的格蘭奇目擊事件

最令人不安的格蘭奇活動之一可能發生在2005年卡特里娜颶風之後。有些人聲稱，格蘭奇被風暴驅趕出巢穴，如同復仇幽靈一般在新奧爾良被洪水淹沒的街道和毀壞的建築物中遊蕩。

儘管存在著大量的軼事，格蘭奇仍然是一個充滿陰影和神秘的生物。過去兩個世紀以來，格蘭奇目擊事件的數量眾多且一致性高，這使得很難將其視為純粹的民間傳說或集體歇斯底里。許多目擊者的描述來自可靠、冷靜的人——包括警察、士兵，甚至神職人員——為這個傳說提供了一定的可信度。

09

澤西魔鬼Jersey Devil
女巫的孩子

地點：新澤西州南部

在新澤西州南部的沼澤地裡，相傳有種生物會從偏僻荒涼的沼澤徘徊，從迷霧出現，在夜間漫步，甚至定期在城鎮中橫衝直撞。250年來，這傳說一直流傳不絕。

澤西魔鬼

牠被描述爲一種類似袋鼠的生物，長著馬臉、狗頭、蝙蝠般的翅膀、有角和分岔的尾巴。也有許多人把牠描繪成身體一半是人，一半是動物。牠名叫澤西魔鬼（Jersey Devil）。

　　澤西魔鬼出生於新澤西州松林地。這是一個橫跨新澤西州東南部、佔地1700平方英里的偏遠地區。沼澤地長滿了茂密的白雪松。早期，那一帶交通不便，雪松沼澤便是最大的障礙。

起源版本1：女巫的孩子

　　澤西魔鬼的起源，普遍的看法關乎一個埃斯特維爾的居民——利茲夫人。利茲家景貧乏，卻育有十二個小孩。然而，她再度懷孕了，正懷著第十三胎。在得知自己第十三次懷孕時心煩意亂。她厭惡地喊道：「那就是魔鬼吧！」有些人相信她是個女巫，因此這話變成一句詛咒。

　　1735年的一個暴風雨之夜，房間裡燭光閃爍，狂風呼嘯。她在雷雨中誕下孩子。嬰孩來到了這世界，可是生來就是畸形的，像一個小惡魔。其他說法則稱，孩子出生時很正常，後來逐漸顯現怪獸的特徵，包括細長的身體、有翅膀和蹄子、馬一樣的大頭、分叉的腳和長著一條粗尾巴。據說，孩子初時被限制活動，然而，牠突然發出一聲尖叫，展開翅膀，從煙囪裡飛出了窗外，飛進了附近的沼澤。

起源版本2：被同鄉咒罵的魔鬼

另一個版本稱，一個年輕的利茲女孩愛上了一名英國士兵，二人打得火熱，談婚論嫁。1778年，英國與美國在栗頸戰役中交戰。因此，女孩與英國士兵之戀情實屬私通叛國，鎮上居民紛紛反對這樁婚事。他們咒罵那個女孩。據傳說，當她後來生下一個孩子時，那孩子被稱為「利茲魔鬼」。

起源版本3：吉普賽人的詛咒

一個路過的吉普賽人途經新澤西州，向年輕女子乞討食物。女孩也許是害怕，也許是沒有多餘食物，總之拒絕了。吉普賽人因此詛咒那女孩。

多年後，女孩早就遺忘了什麼詛咒。可是，當她生下兒子，驚覺孩子是一個魔鬼！魔鬼逃進了樹林，成為澤西惡魔。

起源版本4：面具慶典

1830年10月，新澤西州維也納的一位居民約翰・弗利特為孩子們製作了面具。一張可怕面孔的面具，被當地城鎮居民所採用。它的受歡迎程度越來越高，每年10月，父母和孩子們都穿上可怕的面孔和服裝，成為了一年一度的傳統。澤西魔鬼只是那張面具衍生出來的故事。

無論澤西魔鬼的起源為何，故事裡牠可真「好事多為」，無愧魔鬼之名。從松林的天然巢穴中出發，到新澤西州南部徘徊，牠襲擊雞舍和農場，毀壞莊稼，殺害動物……至少五十個不同城鎮的人都看到或得悉其存在，感到驚訝甚至恐懼。居民組建隊伍來抓捕魔鬼，但毫無結果，甚至一度有人提出高達10萬美元的懸紅獎金，不管是死是活。

　　對當地人來說，澤西惡魔的存在相當真實，不乏具體事件的記錄，有警察、政府官員、商人和許多其他具誠信的證人，皆目睹了魔鬼的活動。有趣的是，新澤西州部分人認為牠是松林地的保護者，牠不會傷害任何熱愛這個特殊地區並試圖保護松林的人類。

　　費城的科學教授和史密森學會的專家認為魔鬼是侏羅紀時期的史前生物，是翼手龍或是鵬龍。紐約科學家認為它是有袋類食肉動物。曾經有費城動物園的管理員懸賞10,000美元捉拿惡魔。可惜獎金仍未有人領取。

　　後來也有人提出，澤西魔鬼可能是沙山鶴。牠高四英尺，重約15磅。它的翼展長達80吋。牠飛行時的動態、被逼入絕境時的兇猛表現，均與澤西魔鬼的目擊描述部分相符。

　　姑勿論牠是魔鬼抑或史前生物，牠的故事無愧為一則經典都市傳說。

10

庫什塔卡 Kushtaka
阿拉斯加版本的「水鬼抓替身」

地點：阿拉斯加

庫什塔卡人是半人半水獺的變形生物，常用假哭聲引誘婦女和兒童下水，目的是淹死他們，以竊取其靈魂。

庫什塔卡

東方鬼故事裡，流傳著水鬼找替身。人不幸在水裏溺斃，靈魂就會被困在那裏，不得往生。民間相傳，祇要水鬼淹死另一個活人，由他代替自己留在水裏，水鬼就可以超生。阿拉斯加的庫什塔卡故事，竟然與東方水鬼抓替身有點類似。

阿拉斯加的民間傳說

庫什塔卡（Kushtaka）（字面意思是「陸地水獺人」）是北美太平洋西北海岸土著特林吉特人和欽西安人民間傳說中的變形生物。牠能夠呈現人類形態、水獺形態以及潛在的其他形態。

阿拉斯加的民間傳說充滿了庫什塔卡人的故事，這隻一半是水獺、一半是人類的怪物，可以模仿嬰兒哭聲或女人尖叫聲，引誘毫無戒心的人離開安全地帶。

庫什塔卡的行徑似乎善惡難分。某些故事中，庫什達卡是殘忍的生物，他們以欺騙可憐的特林吉特水手致死為樂。另一些故事裡，牠們友善且樂於助人，經常透過冷凍來拯救失蹤者。

更常見的傳說稱，庫什塔卡模仿嬰兒哭聲或女人尖叫聲（另外說法是發出高音、三聲部的口哨聲，格式為低-高-低）來引誘受害者到河邊。被騙者一旦走近河邊，庫什塔卡要麼殺死那人並將其撕成碎片，要麼將他變成另一個Kushtaka。這一點倒像遭吸血鬼噬咬後轉化為另一吸血鬼，或是被喪屍傳染變喪屍。

由於庫什塔卡主要捕食小孩子，特林吉特的母親們會設法禁止孩子們獨自靠近海或湖。

　　庫什塔卡並非毫無弱點，相傳以銅、尿液、狗可以抵禦怪物的攻擊，在某些故事中還可以用火來抵抗。

版本2：阿拉斯加版本雪人

　　另一版本的庫什塔卡是巨型靈長類動物，頗像阿拉斯加版本的亞洲雪人和北美大腳八。

　　有理論提出，庫什塔卡是從亞洲的尼泊爾抵達美國的，牠們在最後一個冰河時期穿越白令海峽，就像美洲原住民的遷移路線一樣。其中一些靈長類動物定居在阿拉斯加（庫什塔卡），部分則前往現在的加利福尼亞州和俄勒岡州。因此，阿肯色州和東海岸：佛羅里達州、路易斯安那州或北卡羅來納州，也以看到大腳野人們的蹤影。

11

瓜頭人 Melon Head
可憐的實驗產物

地點：密西根州、俄亥俄州、康乃狄克州

如果你在密西根州嘉特蘭威斯納路附近的樹林裡漫步，當心會遇到一個長著異常大的禿頭的奇怪生物，尤其是在萬聖節前後⋯⋯

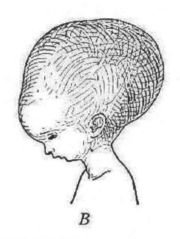 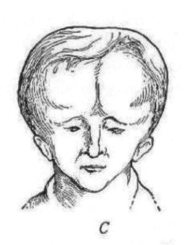

根據目擊者描述繪製的瓜頭人圖像。

20 世紀70 年代的一個漆黑的暴風雨之夜，俄亥俄州和康乃狄克州的樹林裡出現了一些奇怪大頭生物。

大頭怪物稱為「瓜頭」(Melon Head)，通常被描述為具有球根狀頭部的人形生物，一般是躲藏著的，偶爾會現身攻擊人類。

遊客和深夜探奇者報告稱，他們在一座空置的老建築裡(傳說聲稱這棟宅邸是一座瘋人院)，看見窗簾在移動，簾後發出奇怪的聲音，聽起來是沉重的呼吸聲和腳步聲。黑暗中，陰影在飛馳。

傳說，這些生物居住在毛氈大廈附近(1949年，毛氈大樓成為聖奧古斯丁男子神學院)，但在俄亥俄州北部渥太華縣周圍的樹林地區，也有目擊者曾看到這些生物。

其實，這傳說始於密西根州，卻逐漸漫延開去，延伸到俄亥俄州和康乃狄克州。傳說，大頭怪物至今仍在那一帶遊蕩。

那麼，瓜頭是怎樣來到這世界呢？

版本1：醫治頭腫病

不同版本的瓜頭傳說都涉及一個叫克勞博士的人。第一個版本裡，克勞博士是個好人。密西根州索格塔克地區的一家醫院正在治療腦積水(或水頭症候群)兒童。後來，醫院被迫關閉，孩子們無處可去，克勞博士收養了這些患有頭腫病的兒童。

好景不常，當克羅醫生的妻子去世後，這位悲痛欲絕的醫生無法再照顧孩子們。沒多久，醫生去世了，這些大頭孩子便在附近樹

林裡徘徊，爲了自保，他們十分警惕著外人闖入其領地。

版本2：收容可憐孩童

關於瓜頭的形成有兩個流行的傳說。他們都涉及一個名叫克勞博士的人。

政府對一些孩子進行實驗，導致他們的頭很大。政府把這些兒童棄置於嘉特蘭威斯納路附近的樹林中。克勞博士是一個有愛心、樂於奉獻的人，於是把孩子收容在家裡，由他和妻子負責照顧。

後來，克勞博士在家中自然死亡。不知爲何，房子起火了，孩子們孤苦伶仃，只得搬到樹林裡生活。

版本3：邪惡實驗

這版本的克勞博士是一個瘋狂的科學家，他把一群孤兒帶到家中，無非是爲了進行令人毛骨悚然的實驗。

他向孩子們注射某種毒液，這會讓孩子們大腦出現腫脹，頭部畸形，頭長大並變成球狀。這就是他們被稱爲「瓜頭」的原因。

有一次，孩子們厭倦了克勞醫生和他妻子的虐待，於是放火燒屋，把克勞博士燒死了。從那時起，他們意識到自己無處可去，於是來到了樹林，在此隱匿生存下去。另一種理論稱，孩子們撤退到地下洞穴系統。傳說裡，「瓜頭」仍然在那裡。

流行此傳說的地區，當地青少年仍然聲稱會遇到瓜頭人，尤其是萬聖節期間。至於本傳說沒有什麼靈異元素，病患、實驗倖存者爲何與萬聖節扯上關係，這問題連當地人也無法解答。

12
莫莫MoMo
密蘇里州的長毛野人

地點：密蘇里州

在密蘇里州，有種當地非常著名的怪物。牠有一個南瓜形狀的大頭，全身覆蓋著黑色毛髮，因為過於毛茸茸，除了發光的橙紅色眼睛之外，看不到牠的臉。

《Momo: The Missouri Monster》劇照。

　　為什麼說莫莫（MoMo）是密蘇里州最著名的怪物？因為牠的名字，根本就是「密蘇里怪物」（The Missouri Monster）的縮寫。

莫莫在50多年前的1972年7月成為密蘇里州歷史和民間重要傳說。但在談及1972年一系列事件之前，我們得再回溯數十年。

1900年前十年，密蘇里州路易斯安那州以南100英里處，一列馬戲團火車在該地區出軌，一隻12英尺高的大猩猩逃走了。有人認為，本故事的主角莫莫，可能一個混血後代，有機會是由火車失事的大猩猩，與不知何種生物雜交誕下的後代。故此，1972年的莫莫目擊事件，可能與那年的意外事故有某種聯繫。

1972年7月，密蘇里州及路易斯安那州附近開始出現莫莫的蹤跡。兩名婦女報告說，在休息吃午餐時，一隻毛茸茸的生物接近她們，最後至少偷走了其中一袋午餐。

同年8月，沙利文附近的梅拉梅克州立公園，一小群人聚集在河岸郊遊，驚訝地發現沙上有兩個巨大的腳印，附近還有一些毛皮或頭髮。

1972年夏天，怪物莫莫登上了頭版新聞，因為牠嚇倒了密蘇里州路易斯安那州的居民。

15歲的多麗絲和8歲的特里基思在自家後院看到了牠，後院可通往山上的樹林。

「牠就在樹旁邊，有六、七英尺高，黑色，毛茸茸的」，多麗絲

說。「牠站起來像一個人，但在我看來牠不像一個人。」

多麗絲在某個周二下午目擊了事件。當時她正在家裡照顧哈里森一家的小童。她的父親哈里森在公共工程部工作，母親則正在經營咖啡館，咖啡館是她們家的生意。

「特里和沃利·保羅，他五歲了，和小狗胖乎乎的在後面」，多麗絲說，「當我聽到特里開始尖叫時。我從浴室的窗戶往外看，看到了它。我開始哭，然後撞見了他。」

他們說，莫莫看起來像一隻大猩猩。或者該說，更像傳說中的大腳八。

到了晚上，哈里森為怪物準備了誘餌。他把一些魚掛在樹上，把一些火腿皮掛在樹枝上。此外，他把狗拴在房子後面的山上，自己則坐在外面等待。可是，目標沒有上當，誘餌紋風未動。

在孩子們第一次看到莫莫之後，接下來的幾周，更多人報告看到這隻野獸。在密西西比河上下游、西邊的其他水道附近、樹林裡，均有人目擊莫莫。其他人報告說，他們在樹林裡瞥見某些東西、聞到野獸的味道，又或聽到令人難以忘懷的叫聲：那是類似於熊的咆哮聲。

理查德·艾倫·莫瑞（Richard Alan Murry）是目擊者之一，他

是當地居民，曾擔任該鎮的消防隊長和市議員。當日他沿著一條小溪駕駛，看到樹林裡有東西在移動。當車頭燈照在那直立的身影上時，那生物迅速逃跑，消失得無影無蹤。

不久之後，新聞媒體報導了故事，吸引了來自全國各地的好奇者和怪物獵人。有一次，一支 20 人的隊伍響應號召希望殺掉野獸，但一直追蹤不到野獸影蹤。而各處發現的疑似足跡，經過俄克拉荷馬城動物園園長勞倫斯·柯蒂斯察看，他認為這些足跡屬於未知靈長類動物。

同年，環保官員 Gus Artus 就在據稱莫莫出現的地區進行長達3小時的搜索，範圍為100英畝。他告訴新聞記者，「我相信，我們其他人也相信，馬佐夫山上沒有任何東西看起來像怪物。」

在一系列的鬧哄哄目擊事件之後，接下來的幾年裡，這種遭遇的次數越來越少。但事情卻未完全過去。

1991年，威廉在密蘇里州鮑靈格林郊外的一條小溪邊上發現了一種生物，牠大約7英尺高，有些「駝背」，全身覆蓋著黑棕色的毛髮。他回憶道，這種生物的臉「更像人類，而不是靈長類動物，亦不是猿猴」。瞬間，這生物筆直地跳了起來，越過大約8英尺高的河岸。

威廉說，「你正在看一些你被告知不存在的東西。但牠正在看著你。」

據說，這些生物會把岩石堆疊起來，砍倒樹枝或交叉擺放樹枝，作爲領地標記的跡象。

　　目擊事件仍在繼續，偶爾還出現超自然現象。有報告指出馬佐夫山上空出現了不同顏色的火球。這促使國際不明飛行物局的UFO愛好者休斯（Haden Hewes）前往路易斯安那（Louisiana），並在哈里森家的後院露營。可惜，休斯沒有找到莫莫的存在證據。

13

天蛾人Mothman
外星人抑或政府實驗意外？

地點：西維珍尼亞州

1966年，有報道稱，一種長著鮮紅色眼睛的類昆蟲飛行生物造訪了西維珍尼亞州，牠旣像飛蛾又像人。有人發現牠在波因特普萊森特鎭周圍飛行，周圍還出現閃爍的燈光和神秘的黑衣人。天蛾人的起源被認爲是超自然的、外星人的或政府實驗意外。

天蛾人

據說，早在1926年便有一名男孩及三個男人分別於美國西維珍尼亞州目擊天蛾人（Mothman）。但這種說法，基本上難以找到出處，不大可信。較為「公認」的目擊個案應該首見於1966年，話說五名男人在Clendenin公墓，看見一個褐色人形生物於樹上出現，並從他們頭頂飛越離去。其後天蛾人似乎徘徊不去，由1966年至1967年共有近百宗目擊個案，其中西維珍尼亞州的歡樂鎮（Point Pleasant）更是熱門勝地。儘管僅屬都市傳聞，歡樂鎮居民卻對故事相當受落，無他，有助促進旅遊業是也！該鎮中心更為天蛾人豎立雕像，甚至有博物館。

天蛾人如何得名？首先得形容一下：根據不同目擊者描述，牠身高超過200公分，身軀如人，兩腿亦如人足，沒有嘴巴及耳朵，擁有如車頭燈的巨大眼睛，雙眼可發出駭人紅色光芒。全身覆蓋籠密，呈灰色、褐色或深灰色的體毛，背後長著一雙翅膀，飛行時更會發出嗡嗡的聲音。

以上是大體相同的描述，但細節上的差異才耐人尋味：

一. 翅膀質感：有指天蛾人雙翼如巨大的飛蛾翅膀；或說像蝙蝠翼，或干脆形容像鳥翼。

二. 有沒有脖子：儘管歡樂鎮的雕像，造型是有頭有頸的「人」（長著翅膀），唯據目擊證供，有人說天蛾人沒有頭，有人則說沒有頸，巨大雙眼長在軀幹上。

三. 有沒有手臂：有人說看到手臂，也有人說沒有手，上肢就是飛翼。

當時的人憑證供繪成畫像，筆者橫看豎看也不像「飛蛾」（勉強來說，兩者均沒有脖子），非常懷疑如此命名只是權宜之計，只不過經廣泛流傳，後世便沿用下來。此所以後來康沃爾莫南村出現的類似生物，便有人據特徵起命爲「鴞人」（Owlman）。

相傳天蛾人出現時會干擾電視訊號，目擊者或精神異常，或自殺身亡，總之沒有好下場。更甚至者天蛾人會帶來災難。譬如1967年西維珍尼亞州發生銀橋斷裂事件，引致36人死亡，由於事前天蛾人曾於附近出沒，所以有人把災難算在天蛾人頭上。相反也有人認爲天蛾人只是示警或觀察，情況猶如每逢人類發生天災人禍，總有人聲稱目擊UFO一樣，好些研究者相信外星人在默默觀察人類發展歷程。

1986年，切爾諾貝爾核電廠核災震動全球，謠傳有四人見到一個巨大的黑色怪物，沒有頭顱，但有巨大翅膀和火紅雙眼。

歷來不乏創作人以此題材爲藍本。如美國作家John Keel所寫小說《The Mothman Prophecies》，後來改編成同名電影。

但眞正值得留意的是美國作家格雷巴克斯（Gray Barker），有說他於1970年所寫「銀橋」（The Silver Bridge），一本把現實與幻想混合一起的虛擬報告文學，才是一切謠言的源頭。

可是，明明1966年便有聲稱目擊案例，那又是什麼一回事？據

一個名爲超自然現象科學調查委員會（CSICOP）的調查員Joe Nickell於2002年發表的調查報告指出，歡樂鎮的天蛾人傳說，源於一名男子身穿著萬聖節戲服，隱藏在廢棄彈藥庫嚇人。由於廢棄建築物棲息著貓頭鷹，令被嚇者產生錯視幻覺。

此說是眞是假實在難言。唯網上流傳中國也有天蛾人目擊個案，筆者覺得至爲莫名其妙。謠傳說，在1926年，東南山脈附近的關帝水庫突然潰堤，災難死亡人數高達萬五人。有生還者表示在水壩坍塌前見到像人又像龍的黑色形體出現。

姑勿論目擊孰眞孰假，旣然證供指怪物「像人又像龍」，頂多稱爲「龍人」吧，不知何故與天蛾人扯上關係。唯一可比之處是這些奇異生物目擊個案同樣發生於「大災難」之前吧。

鴞人的出沒地帶

相比天蛾人，鴞人低乎低調得多。鴞人，據傳首現於1976年5月康沃爾莫南村，由於造型與天蛾人頗多雷同，故研究者不時把兩者提並論。

故事由男醫生米爾林的兩個女兒開始。12歲的June Melling和9歲的Vicky Melling來到莫南教堂，在附近樹林散步時，見到一隻長著大翅膀的生物，盤旋在教堂塔頂。兩個小女孩嚇壞了，馬上回去告訴父親。當時米爾林立即帶女兒離去，並不讓女兒接受探訪，但瓊爲自己所見繪下畫像。

兩個月後，14歲的莎莉查普曼跟朋友芭芭拉佩里，在露營時同樣來到教堂附近的森林。她們同樣看見像貓頭鷹但壯碩得多，擁有尖耳朵和發紅眼睛的生物。少女稱生物飛到天空，露出鉗子般的黑色爪子。這次的目擊在翌日受當地報章報道。

兩年後的1978年6月和8月，教堂附近亦出現兩次目擊紀錄。直到1989年及1995年，當地仍有人聲稱見到約5英尺高，有一張可怕的臉，大嘴巴及尖耳朵，眼睛泛光，並有帶爪子翅膀的生物。

把天蛾人與鴞人相提並論可謂非常合理，從目擊者大同小異的證詞來看，兩者的特徵頗為一致。

多位目擊者事後把鴞人的外觀繪畫下來。

無論天蛾人或鴞人，坊間描繪牠主要有兩種造形：一種有頭有頸，恰如一個長了雙翼的「人」，仿如美國漫畫的夜梟；另一種則不見頭部，大眼睛長在身軀處。

　　對於後者，筆者聯想起一種出沒於埃及、美索不達米亞、希臘、中華上古神話的生物，便是四大文明古國神話都出現的「人面鳥」。話說回來，鴞人，顧名思義，是一種「貓頭鷹（鴞）頭＋人身」的怪物，本來就是一種人面鳥！這是巧合嗎？

14

帕耶特湖之龍 Payette Lake Monster
從美洲原住民信仰到近代目擊

地點：愛達荷州麥考爾帕耶特湖

20世紀40年代，數十人報告稱在帕耶特湖中看到「…一種類似恐龍的生物，至少30英尺長，皮膚呈貝殼狀，周圍有駝峰……它的棕綠色背部在水中顯現。」多年來，這條「龍」被暱稱爲「沙莉」(Sharlie)。直至2000年代，仍有目擊個案。

在麥考爾冬季嘉年華，一群表演者穿戴「沙莉」道具巡遊，看起來與中華舞龍有點相似。(圖片來源：https://visitmccall.org/sharlie-payette-lake-monster/)

大帕耶特湖（Big Payette Lake）面積5,000多英畝，在西北岸附近的最深和最暗處，深達392英尺，由冰川侵蝕而成，湖水清澈、平靜，周圍環繞著高聳的松樹和寧靜的花旗松。這裡一直流傳住著一隻類似爬行動物的海蛇，很像尼斯湖水怪。

美洲原住民信仰

早在外來人定居前，美洲原住民就相信湖中居住著邪惡的靈魂。這個平靜、看似無底的湖水，美洲原住民對它是又敬又畏的，族中口耳相傳不少潛伏在湖中隱藏深處的邪靈故事。一些當地傳說甚至聲稱，沙莉會以落入湖中的醉酒船夫為食。

「沙莉」的頭看起來像狗或鱷魚，但更常見的描述為「潛望鏡」。牠經常「像過山車一樣上下移動」，有時他卻也會平穩地滑行。

數十次目擊個案

第一次有記錄的個案，目擊者是一群鐵路伐木人員。1920年，伐木工人在湖上游附近負責切斷鐵路枕木，見到一根巨大的圓木漂浮在冰冷的水中。湖中有木頭不足為奇，奇怪的是「巨大圓木」開始向前移動，並不住起伏。然後，「圓木」迅速游離該區域，更在湖面留下水波的尾跡。

1944年，一群人在海峽附近看到了一種生物，將其描述為「至少35英尺長，有恐龍型頭部、明顯的下巴、像駱駝一樣的駝峰和貝殼狀的皮膚。」繪形繪聲的敘述，立即成為全國爭相報道的頭條新聞。

很快，獵人們開始經常光顧這片寧靜的地區，企圖拍攝這種生物的照片，甚至直接捕捉牠。1944年8月，《時代雜誌》發表了一篇文章，提到自當年7月2日以來，已有30人看到了這種被稱為「Slimy Slim」、擁有潛望鏡形狀頭部的生物。

1946年，20個人報告看到了這種生物：牠似乎有40英尺長，一直潛入水深處。會留下了像小摩托艇一樣的尾跡。

1952年房地產經紀人Pauline Miller觀察到的60英尺長、水平尾部的巨大生物。

「沙莉」名稱來源

到1954年，許多人報告說看到了Slimy Slim，居民認為怪物需要一個更好的名字。《明星新聞》(Payette Lake Star)編輯 A. Boone McCallum舉辦了一場全國競賽，獲勝作品由LeIsle Hennefer Tury提交。她在信中寫道：「你為什麼不叫他沙莉？——你知道，就像『Vas you der，沙莉?』」原來這句話是傑克・珀爾在一個流行廣播節目中使用的俏皮話。

據報道，從1956年到2002年最後一次有記錄的目擊事件，沙莉被目擊了數十次。

海豹？鱘魚？駐波？

自從第一次看到沙莉以來，科學界流傳著許多理論，範圍廣

泛，從洶湧的波浪到鱘魚不一而足。

首先，許多目擊報告均指出，湖中央出現巨大的波浪，但當時風平浪靜，亦沒有船隻和其他力量掀起波浪。這讓許多人相信莎莉的存在。

然而，一些專家提出一種稱爲「seiche」理論來解釋成因：那是一種駐波，當大氣壓力的快速變化將水從水體的一端推向另一端時，就會產生這種現象。

也有人認爲「大型鱘魚」是有力的解釋。這理論主張，在20世紀70年代末斯內克河大壩建成之前，一條鱘魚沿著斯內克河遷移到帕耶特河並進入湖中。鱘魚最長可達8英尺，重量超過300磅，壽命超過55年。湖鱘是一種遷徙物種，在湖泊和大河流系統之間來回移動。

不過，目擊者大多不認爲沙莉是一條大魚。結合幾十年來的目擊事件和美洲印第安人的傳說，當地人堅信沙莉就在帕耶特湖的某個地方，而且存活已久。

15

幻影袋鼠Phantom Kangaroo
已滅絕的史前袋鼠

地點：美國多個州份

袋鼠是澳洲大陸的特有品種，在世界其他地方都找不到。但世界各地，尤其美國，皆有人目擊過一種奇異的疑似袋鼠生物——「幻影袋鼠」。

幻影袋鼠

「幻影袋鼠」(Phantom Kangaroo)不是普通的袋鼠。牠們時隱時現，力量和能力異常，而且十分兇惡。根據描述，牠們高 3.5 - 5.5 英

尺，眼睛發光，具有幽靈般的特徵。但除了個別案例所述的生物十分龐大以外，單以外觀而論，「幻影袋鼠」基本上看起來就像一隻普通的袋鼠。

目擊事件

就讓我們看看美國自1899年以來一連串目擊事件吧。

1899年：威斯康辛州里士滿的龍捲風期間，一名婦女看到一隻袋鼠跳過她的後院。

1934年：一隻巨型袋鼠據稱在田納西州漢堡殺死並吃掉了警犬。

1950-60年代：大多數幻影袋鼠目擊事件都發生在庫恩急流(Coon Rapids)的樹林周圍，當時數十人報告稱遇到了具有攻擊性的「袋鼠」，部分人稱牠為「大兔子」。牠們在垃圾中翻找，據說殺死了一些當地的寵物。

1958年，查爾斯‧韋策爾 (Charles Wetzel)在內布拉斯加州格蘭德島附近普拉特河的小屋附近看到一隻袋鼠正在追狗。

1967年：有民眾於距離阿諾卡縣露天市場(Anoka County Fair-grounds)附近47號高速公路以西一哩處目睹袋鼠。

1974年：兩名警察Leonard Ciagi和Michael Byrne在一條小巷裡看到了一隻袋鼠。

1978年：在威斯康辛州沃克夏，兩名男子拍攝了一張他們在灌木叢中看到的袋鼠的模糊照片。

1981年：雷‧奧爾特(Ray Ault)正在放牧羊群時，一隻巨大的袋鼠蹦蹦跳跳地走過。

1999年：一位名叫洛伊斯‧埃克哈特(Lois Eckhardt)的女士在愛荷華州威爾曼的農場裡看到一隻大型動物從乳牛身邊跳過。

2013年：俄克拉荷馬州的獵人在田野裡發現了一隻袋鼠。該影片發佈在YouTube網站上，引發人們猜測該動物可能是一年多前在該州失蹤的一隻寵物袋鼠。

2016年：一位美國明尼蘇達州安諾卡縣昆拉皮茲(Coon Rapids)居民在Facebook上發佈了關於「她家後院的動物園」的帖子，並提及那是一隻幻影袋鼠。

這些幻影袋鼠現身的地點遍及加州、伊利諾伊州、威斯康辛州、田納西州、明尼蘇達州、俄克拉荷馬州、俄亥俄州和印第安納州等地。

推測理論

　　大多數目擊事件可能是剛逃脫的動物園袋鼠或小袋鼠，但有些目擊事件確實符合對一種已滅絕的強齒袋鼠(Ekaltadeta，已滅絕的有袋類，是現存麝袋鼠的近親)的描述。袋鼠是群居草食性動物，因此若說袋鼠可吃掉警犬，實在不可思議，除非它是從滅絕中倖存下來的強齒袋鼠，一種1000萬年前生活在澳洲的掠食性動物。不過，有專家猜測，如果袋鼠患有狂犬病或試圖自衛，草食袋鼠也有可能殺死警犬。

　　也有一種理論推測，一些幽靈袋鼠的目擊事件實際上可能是「惡魔猴」(Devil Monkey)，這是另一種傳說中的生物，具侵略性，許多目擊者都曾遭受攻擊，曾有一些牲畜被殺死。

16

瘦長男Slender Man
集團創作的都市傳說

地點：美國各地、威斯康辛州

Slender Man是一個身形瘦長、沒有臉孔的男人，他的手臂可以隨意伸縮，伸展到非常長，背後更可生出觸手。最恐怖的是，他會監視和追蹤小孩子。

瘦長男Slender Man

瘦長男每隱匿於林林或大霧的街頭，跟蹤目標，設法不讓別人看見的情況下把目標從背後抓走，綁架到附近的森林。早期的受害者會慘遭札穿身體掛在樹上，直至流血而死。後期的受害者則直接失蹤，人間蒸發。據說它鍾情小孩子的靈魂，有小孩子夢見它後就失蹤，因爲瘦長男已進化至闖進夢中捉人，無聲無息，非常屬害。僅有的徵兆是，當此妖物靠近，人類會記憶力減退、失眠、多疑，並且咳嗽帶血。下次出現此「病徵」，不僅要看醫生，可能還得找道士、驅魔人或獵魔高手！

傳說中的瘦長男，每次皆以人的形貌出沒，它沒有臉孔五官，大概三至四個人身高，愛穿西裝打領帶。

瘦長男是否眞有其怪？筆者不賣關子了，網絡上充斥大量瘦長男的傳聞與照片，疑幻疑眞似層層，但實情它只是一個虛構角色，是創作出來的。可是，在查根究底過程中，我發覺「主流」的說法不止一個，而且都有破綻，令人疑竇叢生。

主流的說法是：2009年6月8日，一個名爲（Something Awful, SA）的討論區，舉辦了一個「超自然圖片」（paranormal pictures）的Photoshop比賽，規則是把普通照片修改爲恐怖圖片。芸芸參賽圖片中，兩張黑白照片備受觸目，上載者網名爲Victor Surge。相中被攝者是一群兒童，鏡頭的遠處可隱然見到一個瘦長男人身影，他足有三至四個人的身高，詭異莫名。圖片附簡單解說，

稱照片由攝影師Mary Thomas於1986年所拍，但自從她拍下妖怪後，於同年6月13日失蹤。照片存放在一所圖書館內，後來這圖書館卻生火災……

圖中遠處可隱然見到一個瘦長男人身影。

　　其後陸續有網民參與「集團創作」，上載號稱瘦長男的照片及故事到SA討論區，令話題一直延展至2011年，瘦長男也成為知名的都市傳說。

　　可是，瘦長男的起源另有一說：那是恐怖故事網站「Creepy-pasta」於2009年構思的一系列虛構故事，瘦長男乃由恐怖小說作家Eric Knudsen所創作。Eric Knudsen曾接受媒體訪問，聲稱瘦長

男參考了民間「陰影人」(Shadow People)的傳說，靈感來自於多位著名的驚慄小說作者，包括HP Lovecraft，Zack Parsons，William S. Burroughs及史提芬京(Stephen King)，尤其受史提芬京的《迷霧驚魂》(The Mist)所影響。

這位Knudsen又在另一個訪問中稱Slenderman的原型來自電影Phantasm系列中的「the Tall Man」單元。

兩種說法孰真孰假？有人說Eric Knudsen便是SA論壇的Victor Surge，這也頗合情理，畢竟現今創作人要突圍而出，絕對少不免宣傳手段，而在討論區上發放疑幻疑真的圖片，藉以炒作瘦長男傳說，是不難理解的。

與傷人案扯上關係

瘦長男這個都市傳說，竟催生了一宗恐怖傷人案！

2014年6月，美國威斯康辛州發生一宗幼童刀傷案。兩名12歲女童Morgan Geyser與Anissa Weier，把同學騙到森林茂密的Waukesha公園，以12公分利刀刺向受害者，足足刺了19刀！幸而受害者命不該絕，被途人所救。警方抓到兇徒後，兩女童聲稱傷人是為了得到瘦長男的認同，兩人更計劃到森林投靠它。

經盤問，Morgan Geyser宣稱自己能跟瘦長男心靈溝通，相信

自己是它的代理人。而Geyser宣稱自己看見及聽到瘦長男和「哈利波特」的伏地魔。

事件發生後，當地輿論沸沸揚揚，Creepypasta更被形容爲「網路邪教團體」。網站負責人發聲明指：「小說與現實是有條界線將兩者分開，不是每個讀者讀完這些故事都會信以爲眞。他呼籲所有的讀者，在讀小說的同時請了解這一切都只是虛構的故事。」

第二個重點：眞正瘦長男原型誰屬

究竟 SA 論壇的 paranormal pictures 改圖比賽與恐怖故事 Creepypasta，是否眞正的瘦長男的「發源地」？

須知道，無論「改圖比賽」還是「恐怖故事創作」，均發生於2009年。但網民指出，早於2003年，一個與瘦長男造型極爲肖似的角色，已誕生於電腦遊戲當中！

此遊戲名爲Chzo Mythos，作者是Yahtzee Croshaw。Chzo Mythos系列遊戲的《Trilby's Notes》出現了一個角色，名叫Cabadath（又喚作 Tall Man)，他身穿黑色高領長衣，手執鐮刀，身高長及天花板，沒有臉孔和五官。有研究者相信，此角色才是眞正的瘦長男原型。

那麼該問的是：Eric Knudsen「參考」了Yahtzee Croshaw的

設計，抑或兩人其實都只是襲用了一些民間傳說爲創作藍本？如是後者，我們可否把瘦長男視爲眞實世界靈異傳聞的一種變奏？

第三個重點：虛構的物證

外國不少網站宣稱，瘦長男可從過去的藝術作品中找到證據。

第一件物證：德國16世紀時，騎士Der Ritter與一個拿長槍的怪物決鬥。在一幅木刻板畫上，可見到怪物長著四條又幼又長的腿，而且沒有臉孔。

第二件物證：文藝復興時期藝術家Hans Baldung一幅繪畫描繪女人與死亡。2003年，有人把畫作拿去用X光檢查，發現女人身後的「死神」，竟在背後多出了四隻手。

第三件物證：在巴西國家公園Serr Da Capivaras的壁畫，可見到左上方有一隻觸手怪物，彷彿正在襲擊人。

就上述三項「證據」，筆者花了許多工夫找出原圖。

第一幅「所謂證據」是Hans Freckenberg的木雕圖，原圖只是骷髏怪物，沒有四隻腳，面部有眼也有嘴。這明顯是改圖作品。

偽做的瘦長男藝術木雕圖　　　　　　Hans Freckenberg的木雕原圖

　　第二項「所謂證據」所謂的X光檢查事件，除了網上流言外，沒有人能提出確實的文字紀錄或證據，相信亦是好事之徒的改圖作品。

這幅X光相信是改圖作品。

第三項「所謂證據」筆者也找到原圖，左上角的生物本來沒有觸手。同樣是改圖作品。

留意圖中左上角「觸手怪物」。

Serr Da Capivaras壁畫原圖根本沒有觸手，證明「觸手怪物」是改圖。

可見網上流傳的證據許多時不盡可信，可謂陷阱處處。

陰影人的美國傳說

最後不妨一看Eric Knudsen聲稱，瘦長男的參考對象「陰影人」(Shadow People)。在好些民族的傳聞裡，不時有人聲稱見到一個像人類外形的影子，「它們」可活動，穿牆過壁，甚至出現在鏡子裡。有人認為那是鬼魂，也有人認為那不同於鬼魂，是另一種超自然實體。

據說在1977年，上百名東南亞移民在美國一夜間猝死，醫學界稱為夜間猝死症(Unexpected Nocturnal Death Syndrome, SUNDS)。經過多年調查，專家仍無法解釋集體猝死的原因。相傳他們死前全都見過「陰影人」。

到了2001年，美國一個深夜電台節目(The Coast to Coast AM)徵求「陰影人」的相片及影片，初時主持人只是開玩笑，沒想到提供資訊的民眾超預計地多，從此Shadow People傳說走紅，成為近代的都市傳說。

17

斯納利加斯特Snallygaster
像翼龍的吸血怪物

地點：馬里蘭州蘭州弗雷德里克縣、華盛頓特區

「…半鳥半爬蟲類從天而降，獵殺牲畜和小孩。據稱，這種食肉生物有25英尺的翼展和致命的爪子，像熱金屬一樣發光……前額中間有一隻熾熱的紅色第三隻眼睛，鋒利的牙齒和章魚般的觸手。」

斯納利加斯特(Snallygaster)

　　斯納利加斯特(Snallygaster)只存在於美國民間傳說中，牠是

一種鳥類爬行動物嵌合體。牠有金屬般的喙，長著鋒利的牙齒。有時被描述爲具有章魚狀的觸手。

幾個世紀以來，這種大型有翼野獸一直讓馬里蘭州弗雷德里克縣，特別是南山和米德爾敦山谷地區的人十分戒懼，據說華盛頓特區都會區也曾發現其蹤影。傳言美國前總統老羅斯福本人曾計劃前往馬里蘭州追捕牠。

這種神秘生物被描述爲生活在南山洞穴深處，屬於半爬蟲類和半鳥類動物。相傳牠會悄悄地從天而降，從毫無戒心的農民手中偷獵動物，甚至抓走兒童。

這種生物亦很聰明。目擊者聲稱看到斯納利加斯特模仿人類的聲音，試圖用虛假的呼救聲來誘騙受害者。

1730 年代，德國移民開始在馬里蘭州定居。這群德國移民人士將此一生物稱爲Schneller Geist，在德語中意思是「敏捷的幽靈」。早期故事把怪物形容爲半鳥、像惡魔或食屍鬼，更會吸血。

目擊事件

1909年，這頭怪物的故事開始出現在報紙上。1909年2月和3月，當地居民牠相遇，描述牠有「巨大的翅膀，長而尖的喙，鋼鉤般的爪子，前額中央有一隻眼睛」；還能發出「像機車汽笛一樣」的尖叫聲。

1909年2月，一篇文章記述，一名男子被一隻有翅膀生物抓住，怪物用牙齒咬住他的頸靜脈，吸出體內血液，然後將其扔到山坡上。

在新澤西州，有人在雪地發現疑為斯納利加斯特的腳印；在西維吉尼亞州，這隻飛獸差點抓住了一名婦女，還被發現棲息在穀倉裡，並在夏普斯堡附近產下了一個桶般大小的蛋。

《山谷紀事報》1909年2月報道此事。

俄亥俄州卡斯敦的一名男子給《山谷紀事報》(Valley Register)寫了一封信，講述這種奇怪生物飛過他所住地區的情況。他形容牠有兩個巨大的翅膀、一個長滿角質的大頭和一條20英尺長的尾巴，會發出可怕的尖叫聲。

一名在坎伯蘭附近經營磚窯的男子在馬里蘭州發現牠。牠在熟睡的窯旁被驚醒，醒來時發出一聲令人毛骨悚然的尖叫，憤怒地飛走了。

在米德爾敦以南的黑格斯敦附近，有民眾看到牠飛過加普蘭和伯基茨維爾之間的山脈，在那裡產下了另一個非常大的蛋。弗雷德

里克縣最後一次目擊事件發生在1909年3月，當時三名男子在火車站外與該生物搏鬥了近一個半小時，然後一直追蹤牠至卡羅爾縣的樹林，最後失去蹤跡。

此後23年裡，再沒人報稱看到這神秘生物。到了1930年代，牠再次出現在馬里蘭州弗雷德里克縣。這次是有人在華盛頓縣南山下方遠遠看見。有人推測斯納利加斯特的壽命約為20年，因此在新的目擊事件中，怪物或許是1909年那隻生物的後代。

據講，七角星可以驅趕此生物，因此當地的穀倉至今仍見到此符號。

相傳，斯納利加斯特有一個「天敵」，叫做德威約（Dwayyo）。德威約是一種哺乳動物雙足動物，其特徵與狼相仿，但姿態和身材卻與人類類似。換言之，德威約是某種狼人。

斯納利加斯特的「天敵」德威約（Dwayyo）

可以說，這傳說糅合了吸血鬼與狼人為世仇的神話脈絡（Snallygaster會吸血，Dwayyo像狼人），實在相當有趣。

18

雷鳥Thunderbird
翼龍還是神獸？

地點：美國東北部

雷鳥(Thunderbird)一種超自然的存在，象徵保護人類免受邪靈侵害的力量，牠因為翅膀拍動時發出雷鳴般的聲音而得名。牠的眼睛會射出閃電，亦能降雨和帶來暴風。

Famous Artist Dan Smith's Conception of a Giant Cousin of a Bald Eagle Carrying Off a Child, Drawn from What Was Declared to Be an "Eye-Witness" Story. Some Scientists Say "It Can't Happen," Others Disagree.

1977年伊利諾伊州朗代爾雷鳥襲擊事件的插圖。

雷鳥是美國和加拿大美洲原住民的神話生物。在加拿大東北部（安大略省、魁北克省和東部）和美國東北部的阿爾岡昆人以及易洛魁人（五大湖周圍）中盛行此傳說。不同的部落對雷鳥有不同的口述傳說，他們高度尊重又害怕雷鳥。

施放雷電和降雨

雷鳥非常強大，藉拍打翅膀產生雷聲，憑閃爍眼睛產生閃電，水從他們的背上掉下來，形成了雨。阿爾岡昆神話中，雷鳥控制上層世界，而地下世界則由水下豹或大角蛇統治。根據阿爾岡昆神話，雷鳥是人類的祖先，幫助創造了宇宙。

這種鳥太巨大了，傳說牠能用爪子抓住一條鯨魚。牠們擁有明亮多彩的羽毛、鋒利的牙齒和爪子，生活於最高山脈上方的雲層中。

威斯康辛州梅諾米尼人的神話則說，世上有一座漂浮在西方天空的大山，雷鳥就住在上面。作為太陽的使者，雷鳥是人類保護者、米西努比克大角蛇的敵人，牠們與大角蛇戰鬥，防止後者佔領地球併吞噬人類。據說他們是，並喜歡偉大的事蹟。達科塔神話則說，有角水蛇翁克泰希拉(Unktehila)是雷鳥的宿敵。

奧吉布威版本的雷鳥會與水下靈魂作戰，並負責懲罰違反道德規則的人類。這種鳥是英雄納納博佐(Nanabozho)創造的，鳥類一起向南遷徙時，最危險的季節已經過去。

雷鳥是一種高貴的生物，可以保護人類免受危險的爬行動物怪物Unktehila的侵害。

有些版本說，雷鳥懂得變形，可改變外表來與人互動。化人後的雷鳥看起來像男孩，有倒著說話的傾向，人們以此識別他是否雷鳥化身。

有理論指出，美洲原住民之所以流傳雷鳥神話，可能基於他們的祖先曾掘出翼龍的化石。

聽起來，雷鳥不過是一則神話，為什麼本書會收錄它，視為都市傳說之一？皆因有目擊個案。

目擊個案

1890年，兩名亞利桑那州牛仔聲稱射殺了一隻大鳥。它被描述為沒有羽毛，並且有著類似於鱷魚的頭。二人殺死怪鳥後，將其拖回城裡。據報告，這種生物看起來像翼手龍。

1977年7月25日，伊利諾伊州發生「朗代爾雷鳥襲擊事件」。兩隻種類不明的怪鳥襲擊一名小男孩，當時母親露絲・洛（Ruth Lowe）距離怪鳥面前30多英尺方，她跑去營救兒子，將鳥兒趕走，救回了受傷的兒子。

據報道，多名目擊者親眼目睹了整個事件。根據描述，怪鳥頸上有一個白色的環，身體長4英尺半，每隻翅膀約4英尺長，有6英寸長的鉤狀喙，三個前爪，一個後爪和一個巨大的黑色身體。

　　有人猜測1977年的雷鳥或是一些外來鳥類，如非洲冠鷹和安第斯禿鷹，因從人類的圈養中逃脫，才會在伊利諾伊州出現。

　　究竟他們目睹的是不明生物、殘存於世的古生物翼龍，抑或神話中的雷鳥？

19

吸血鬼卡特兄弟The Carter Brothers
至少十幾個受害者

地點：新奧爾良

新奧爾良充斥著吸血鬼傳說，許多當地人相信夜行不死者的存在。其中最著名的故事，莫過於兩個碼頭工人兄弟是吸血鬼，他們在20世紀30年代抓走了十幾名受害者囚禁於家中，以便吸喝他們的血。

卡特兄弟自稱是吸血鬼

20世紀30年代在碼頭工作的兩兄弟約翰·卡特（John Carter）和韋恩·卡特（Wayne Carter）。故事是這樣的，兄弟倆是吸血鬼，晚上在街上遊蕩尋找受害者。最終，他們被捕並被處決。雖然沒有法律記錄支持這個故事，但有些人相信這故事是真實的，而且兄弟倆仍然沒有死。

從吸血鬼魔爪逃脫的女孩

1932年，一名年輕女孩在街上瘋狂奔跑，明顯驚慌失措。一名警察上前攔截，打斷了她的步伐。女孩驚惶地說，她剛從約翰·卡特和韋恩·卡特兩兄弟合住的房子裡逃了出來。她和其他幾名受害者一直被兩兄弟綁起來囚禁，慘被兄弟倆割傷手腕來吸血。女孩稱，她之所以能夠逃脫，是因為綁匪不小心鬆開了繩索。

不管怎樣，警方來到位於皇家街和聖安街角的卡特家，調查這宗吸血鬼案件。抵達後，警察大感震驚，因為室內環境一如女孩所形容，場面可怖，只見十幾具手腕被割斷、血已流乾的屍體，所有罹難者的手腕都纏著繃帶，濕漉漉的，沾滿了血跡。另外四名受害者半死不活地綁在椅子上，手腕上纏著繃帶，但流血不止。公寓裡瀰漫著令人窒息的死亡氣味。至於疑兇卡特兄弟，則不在現場。

兄弟倆每天早上天還沒亮就外出，一直工作到黃昏。回家後，他們立即解開俘虜手腕上的繃帶，用刀重新切開傷口，讓受害者傷口流出血液。他們用杯子接血，然後喝下去。兄弟倆會用新的繃帶包紮傷口。他們很少說話，也從不管俘虜的死活。

兩隻吸血狂徒並未意識到女孩已經逃跑，按往常一樣作息生活。警方派出10名警員在卡特兄弟家中伏擊他們。

　　卡特兄弟被捕了，過程卻有兩個版本。第一個版本稱，警方花了七到八名警力才制服了兩名狂徒，兄弟倆當場被捕，立刻便招供了。另一版本說，兄弟倆身高均在5英尺6英寸左右，體重不到160磅，卻成功擊退多名警察，從陽台上跳下去，竟安然無恙，逃入夜色之中。警方重新集結，第二天前往卡特兄弟工作的碼頭，終於成功逮捕了他們。

消失的屍體

　　約翰和韋恩一戴上手銬，就承認自己是吸血鬼，並自願接受死刑。因為如果被釋放，他們別無選擇，只能繼續殺人，他們對鮮血的渴求已超出自己控制範圍。

　　警方不理會他們的鬼話，認定卡特兄弟是人類，控以謀殺罪。兄弟倆作為連環殺手在法庭上受審。法庭不接納吸血鬼之說法，宣判有罪，將二人判處死刑。

　　故事至此尚未完結。他們被處決後，被安葬在新奧爾良的家庭墓穴中。幾年後，當下一位卡特家族成員去世時，存放約翰和韋恩的墳墓被打開，但裡面竟然沒有兄弟倆的遺骸。屍體消失了。

　　之後，許多人聲稱看到他們仍然在新奧爾良街道上出沒。住在

聖安街和皇家街拐角處房子裡的人更稱，看到陽台上有兩名男子，就像警察伏擊他們那天一樣，從陽台上跳下來。

究竟這是他們的幽靈，還是身為吸血鬼的不死之軀？

據說，他們的一名俘虜也變成了吸血鬼。在卡特公寓中倖免於死的俘虜之中，一名叫費利佩（Felipe）的受害者亦飲起血來，涉及至少32名受害者。當局從他在波旁街的住宅中找到日記，裡面記錄了他陷入瘋狂的過程。1949年，他從這座城市消失了。

另一位傳說稱，卡特公寓中出現了另一個吸血鬼，最終謀殺了442人。而他每次害人後，會以強酸來溶解屍體。

兄弟倆居住的大樓仍然矗立，仍會出租給新租戶。據說一些居民看到兄弟倆在陽台上竊竊私語，然後跳到街上逃跑……

其他吸血鬼傳說：聖日耳曼伯爵

在新奧爾良，關於吸血鬼的傳聞不計其數。其中較著名的是聖日耳曼伯爵的神秘案件。伯爵出生於1600年代末和1700年代初之間，並在1900年代初以雅克·德·聖日耳曼（Jacques de St. Germain）的身份重新出現在新奧爾良社會。

在一個可怕的夜晚，一名年輕女子向警方報告日耳曼是吸血鬼並襲擊了她。警方前往日耳曼的家中，對他進行了訊問。日耳曼辯

稱這名年輕女子當時喝醉了。儘管如此，警方還是要求他早上到派出所作供。但是，日耳曼並未遵行，當晚便已消失得無影無蹤。

多年來，人們多次目擊到一個名叫傑克的奇怪男子，有些人相信這個名叫傑克的奇怪男子就是聖日耳曼伯爵，正在尋找下一個受害者。

20

行走的山姆Walking Sam
收集死者的靈魂

地點：南達科他州

一個幽靈般的妖怪，住在風洞國家公園的洞穴裡，它在晚上出來活動，令附近社區的人十分困擾，因為其工作是收集死者的靈魂。

行走的山姆

行走的山姆是南達科他州一個相當神秘的民間故事。

他戴著一頂高高的黑帽子，身材又高又瘦，約7英尺高，手臂修長，有眼睛，但沒有嘴巴和鼻子。無論走到哪裡，他的手臂上都會抱著一大堆人：其實那不是人，而是原住民男女的屍體(一說是靈魂)，這些人都是他的受害者。他一邊隨身攜帶這群靈魂，一邊等待找到新的「收藏品」。

如果你在南達科他州的夜裡聽到口哨聲，千萬要小心。行走的山姆藉著口哨聲來麻痺你、催眠你，或乾脆讓你發瘋。如果你以某種方式不尊重他們，他們就會懷恨在心，不惜一切代價向你尋求報復。

相傳，這惡魔會跟蹤並試圖引誘毫無戒心的受害者走向滅亡。

大量自殺案元兇？

行走山姆的「鬼故事」在達科他州各地都有流傳，不少人聲稱遇過它。它喜歡跟在憂鬱症患者身後，準備在他們的生命走到盡頭時，將他們帶走。

行走的山姆特別惡毒，喜歡在青少年耳邊低聲細訴，說他們毫無價值，不值得被愛或生活，從而說服他們自殺。它甚至連兒童也不放過，因為小孩子特別容易受其詭計影響。

對於南達科他州的美洲原住民來說，「行走的山姆」可能不僅僅是靈異故事，而是確確實實困擾當地的「社會問題」。儘管問題成因未必涉及超自然，山姆只是揹黑鑊。

南達科他州的自殺風潮成為日益嚴重的問題。在2015年12月，僅12月以來，奧格拉拉·拉科塔部落已發生了103宗自殺未遂事件。蘇族部落是受影響最嚴重的部落之一，當中涉及集體自殺事件。事實上，有關數字可能更高。一名當地人聲稱，短短三個月內就發生了200多宗自殺未遂事件。而原住民保留地內的居住人口不足40,000人。由此計算，該處企圖自殺的人數實在高得可怕。

當然，如此負面的風氣未必與「傳說」有關，當中有多少個案涉及靈異，有沒有當事人在意志薄弱之際出現幻聽（或真的是行走山姆蠱惑他）而選擇輕生，外人不得而知。

行走山姆的故事並不全是負面的。原住民把它當成生活中司空見慣的一部分，視它為森林的自然組成元素。因為行走山姆是一個古老的森林精靈，其職能之一是保護大地免受侵害，如果有人侵犯其領地，它就會足以致命的手段來予以捍衛。

21

屠殺岩的水寶寶Water Babies
爲悲慘遭遇進行報復

地點：愛達荷州波卡特洛

在愛達荷州的波卡特洛，有一個州立公園，被稱爲大屠殺岩石州立公園。此地有一個可怕都市傳說：一個關於淹死在水中的死嬰靈魂的故事。

因悲劇而生的水寶寶

如果你到這條河邊靜靜地坐一會兒，或許會開始聽到嬰兒哭聲。那應該是一群可憐嬰兒的靈魂，正在尋找母親。

愛達荷州有一個令人恐懼的地方，稱為「屠殺岩」。很久以前，這裡發生了一件極其可怕、悲傷的事件。

有一段日子，美洲原住民所住的波卡特洛地區，發生了嚴重的飢荒。情況極為嚴峻，以至於村民們聚集在一起，商討對策。不幸的是，他們認為沒有足夠的食物來養活新生命。於是，每當嬰兒出生，母親們就被迫將初生嬰孩帶到附近的河裡淹死，以免他們過著持續飢餓的生活，甚至活活餓死。

相傳，那些溺水的嬰兒靈魂變成了小水怪，因應水中環境，長出了鰓，發誓要向生者復仇。這些水怪人稱「水寶寶」（Water Babies），專門引誘人類下水，墮進它們的死亡陷阱，對發生在他們身上的悲慘遭遇予以報復。

許多人堅信這傳說是真的，甚至提出佐證。有些人說在河邊聽到嬰兒的哭聲；更有人聲稱見過類似嬰兒的生物在水中玩耍和游泳。

無獨有偶，尤特印第安人流傳湖中有一神秘矮人種族，而水寶寶正是一種生活在湖中的侏儒，它們透過模仿嬰兒的哭聲來淹死毫無戒心的人。有心人會跳入湖中，試圖拯救瀕臨溺斃的嬰兒，結果卻被邪惡的水寶寶拖入深處。

東方素有水鬼傳說，想不到美國也有，果然天下鬼怪一樣黑。

22

迪法恩斯狼人The Werewolf of Defiance
是瘋子還是傳說生物？

地點：俄亥俄州 迪法恩斯鎮（Defiance）

在20世紀70年代初，俄亥俄州迪法恩斯鎮報道大量狼人目擊事件，這一傳說至今仍在流傳。

兩名鐵路工人在深夜工作，抬頭一看，發現一隻高大的狼人張開獠牙⋯⋯

迪法恩斯鎮狼人

1972年7月25日，鐵路工人泰德‧戴維斯(Ted Davis)在諾福克和西部鐵路線上，當時他正在兩輛車之間接駁一根空氣軟管。工作時，他注意到一些奇怪的事情：

潛在危險生物

他低頭一看，眼前的地上有兩隻巨大而毛茸茸的腳，他很困惑，也很害怕，慢慢抬頭一看，赫見面前有一個至少6英尺高的生物，彎著腰，牠站在那裡，肩上扛著一根大棍子。還沒等泰德做出反應，怪物就擊中了泰德的肩膀，然後跑開了。

幾天後，7月30日，泰德和同事湯姆瓊斯再次發現這種生物。這次他們在一段頗遠的安全距離處看到怪物在灌木叢中徘徊。那狼人般的生物嚇了一跳，逃跑了。從牠逃跑的方向，傳來一陣尖叫聲，似乎那邊也有人目擊怪物。泰德和同事決定報警，希望能夠傳播這種潛在危險生物的訊息。

其後，一名雜貨店員工下班開車回家時，看到一隻體型巨大、像狗一樣的生物從車前跑過，其外型與泰德的描述相符。

怪物描述

綜合多個目擊證人的描述如下：

· 高，6至9英尺之間
· 渾身毛茸茸

· 穿著深藍色牛仔褲和深色襯衫
· 赤腳，有毛茸茸的大爪子和爪子
· 雙足行走，但經常彎腰駝背
· 好像一個長著獸頭的人，或像直立的狼

　　由於有大量關於毛茸茸野獸進入車站的報道，當地警察不得不展開調查。雖然警方不相信襲擊者是半人半狗的生物，但他們相信確有可能有人戴著面具或古怪服裝四處走動，試圖嚇唬大家。

　　該地區的大多數人並不相信那是狼人，而是一個穿著戲服的男人，或者「根本是一個瘋子」。

　　小鎮開始出現輕微恐慌，包括《托萊多刀鋒》(Toledo Blade)和《迪法恩斯新月新聞》(the Defiance Crescent-News)在內的幾家報紙紛紛報道這宗奇談。總括而言，人們一致相信狼人身形龐大(至少6英尺)，並且是人形的。一些目擊者說，它以雙足行走，但嚴重駝背。

　　《新月新聞》發表聲明說：「其中兩宗事件發生在上週，一宗發生在昨晚。滿月期間沒有發生過任何事情……」而《刀鋒報》則寫道，「身高在6到8英尺之間的人形生物在滿月下出現過兩次」。

　　更多「狼人目擊事件」的報導如潮水般湧來，幾周以來，每人都

處於高度戒備狀態。但隨後，相關報導開始消失，迪法恩斯狼人在1972年夏天就再也沒有出現過。

後來，狼人的所有跡像都消失了，亦缺乏事件的後續報導。當地居民建議，如果狼人接近人類財產，居民就會開槍。不過，至今仍未有槍擊狼人的報道。

CHAPTER 2
神秘現象

23

阿拉斯加三角Alaskan Triangle
失蹤比例極高的神秘地帶

地點：阿拉斯加

百慕達三角，大家聽得多，在美國也有一個三角地帶，現大量航班及人口失蹤現象。

這是一個傳聞有外星人綁架、大腳怪出沒、種種超自然現象的神秘地域。

阿拉斯加神秘三角
（圖片來源：HISTORY OF THE ALASKAN TRIANGLE | The Proof is Out There (Season 2)）

阿拉斯加，美國第49個州，面積是德州的兩倍，擁有美國20座最高峰中的17座，擁有超過一半的國家聯邦指定荒野，以及估計有100,000條冰川。自20世紀70年代以來估計有20,000人失蹤。這個人煙稀少的地區每年平均失蹤人數約為2,250人。

人口失蹤速度是全國平均兩倍

　　「阿拉斯加三角」是烏特恰維克、安克雷奇和朱諾之間的地區，由廣闊的北方森林、貧瘠的苔原和冰冷的山峰組成。過去40年來，該地區失蹤人數約為每10萬人中有42.16人，是全國平均的兩倍。該區每年都會進行數百次搜救任務，尋找失蹤的居民、徒步旅行者、遊客和飛機乘客，但往往毫無結果。

　　其中一宗知名失蹤案，涉及25歲的紐約人加里・弗蘭克・索瑟登（Gary Frank Sotherden）。在1970年代中期，他在一次阿拉斯加荒野的狩獵之旅中失蹤。1997年，在豪豬河沿岸發現了一副人類頭骨，後來於2022年通過DNA分析確認為索瑟登的遺骸。

　　2011年，43歲的山區救援者傑拉爾德・德貝裡（Gerald DeBerry）與一群人前往費爾班克斯以北約70英里的懷特山（White Mountains）尋找一名失蹤的婦女，可惜探險隊再也沒有回來。一年後，傑拉爾德的全地形車被發現，其時引擎已關閉，但沒有車主的蹤跡。

　　39歲的莎娜・阿曼（Shanna Oman）於2019年6月3日在費爾班克斯拜訪一位朋友時失蹤。莎娜來自伊格爾河，她的朋友本來應該

載她回家，但他以為她已經做了其他安排回家。從莎娜的室友那裡得知她再也沒有回家後，那位朋友於是報警。6月9日，阿拉斯加州警（AST）開始調查此失蹤事件。

莎娜失蹤前去過珍納溫泉路23英里附近的一間小屋，但據屋主稱，於6月4日見到莎娜離開了該地區。當局對小屋和與切納河接壤的周邊進行了多次搜查。目前還沒有找到任何有關她下落的線索。

莎娜手機上的最後一次ping訊號是在6月4日，靠近珍納溫泉路17英里的區域。阿拉斯加州警及搜救犬對該地區進行了搜索，但沒有發現莎娜的蹤跡。

飛機失蹤

這片區域長期以來存在著神秘的失蹤。1950年，該地區發生了全國最大規模的軍用飛機和人員失蹤事件之一。1月26日下午1:00，一架載有8名機組人員和36名乘客的C-54 Skymaster離開安克雷奇。兩小時後，這架客機在飛越育空地區的小鎮上空時，曾作例行無線電報到。但這已是該航班最後一次通訊。儘管加拿大和美國當局進行最大規模的聯合搜救任務，但仍未發現任何痕跡。C-54 Sky-master飛機上44名軍事人員估計已全部喪生。

1972年，國會議員黑爾博格的私人飛機消失得無影無蹤。

1972年美國衆議院多數黨領袖海爾‧博格斯(Hale Boggs)和衆議員尼克‧貝吉奇(Nick Begich)乘搭私人飛機從安克雷奇飛往朱諾時，飛機在暴風雨中失去了聯繫，成爲三角區失蹤航班的又一例子。隨後當局展開大規模搜救殘骸或倖存者，同樣無功而返。經過近40天的搜索，仍然沒有發現殘骸或任何屍體。此事件使該三角地帶成爲衆人焦點，陰謀論紛陳。

失蹤理論：UFO、能量漩渦、怪物、地形

阿拉斯加三角與超自然和陰謀論關係密切。經常有目擊不明飛行物、鬼魂、大腳怪或類似雪人的報告。對失蹤的解釋多種多樣，從影響羅盤的電磁干擾到外星人綁架，不一而足。

1986年，一架日本貨運航班向美國聯邦航空管理局(FAA)提交了一份報告。日本航空1628號航班在該區上空遇到三種不明飛行物體。最初，飛行員以爲那架是軍用飛機，沒有特別理會。過了一會兒，機師意識到這些物體在自己飛機周圍保持同步，卻會不穩定地移動，並發出一陣陣令人眼花繚亂的光芒。接下來的50分鐘內，這架奇怪的飛機尾隨著1628航班，彷彿在觀察其一舉一動。機組人員的陳述得到民用和軍用雷達的驗證，美國聯邦航空局的報告隨後引起全國的關注。阿拉斯加三角的失蹤案，會否與UFO有關？

另一種理論認爲，阿拉斯加三角是巨大的能量漩渦所在地。這些能量中心的旋轉，可影響人類的情緒和行爲。順時針旋轉的漩渦

產生正面影響，而逆時針旋轉則帶來負面和困惑。憑電子讀數發現阿拉斯加有更高強度的磁不規則現象，搜尋團隊報告指南針故障達30度。志工經常講述在搜尋該地區時經歷到神秘症狀，包括頭暈、混亂、迷失方向、幻影和幻聽。

另外，在阿拉斯加原住民的民間傳說中，一些水獺可以變形為一種可怕的生物，捕食在荒野中迷路的探險家。（見本書第一章的〈10庫什塔卡Kushtaka〉）

儘管有大量的超自然理論，但地形本身也可能是失蹤事件的成因。專家該地區的巨大冰川通常具有脆弱的上地殼，這一層可能會在瞬間破裂，形成深深的裂縫或冰臼，這些裂縫或冰臼可以一直延伸到冰川的底部。隨著氣候變遷導致全球冰層消退，人們已發現一些飛機其實是消失在這些巨大的裂縫中。

24

保姆和樓上的男人
The Babysitter and the Man Upstairs
美國家傳戶曉的恐怖威嚇故事

地點：美國各地、密蘇里州哥倫比亞鎮

「來電是從房子裡打來的。」

這句話，出自美國有史以來最著名的都市傳說之一。在無數睡衣派對上，這故事都會作為搞氣氛的經典故事，一般稱為「保姆和樓上的男人」，講故事的人為渲染真實性，每每信誓旦旦說，他們認識這件事的主角或親友……

美國人可能對這個關於瘋狂人威嚇的保姆故事非常熟悉，在過去半個世紀，這故事構成恐怖傳說的核心。

樓上的神秘男人

「保姆和樓上的男人」是一個可以追溯到20世紀60年代的都市傳說，講述的是一名十幾歲的保姆接到電話，結果發現電話是從房子裡打來的。類似的故事情節，已在電影中多次改編。

一對年輕夫婦住在一座孤立的大房子裡，有一天晚上他們出去參加晚宴，把孩子交給保姆照顧。

珍妮(Jane)第一次照顧米勒家(Millers)的孩子們。當珍妮到達時，米勒的孩子鮑比和蒂芙妮已經睡著了。她在看電視時，電話響

起了。

「喂?」珍妮問道,但只聽到沉重的呼吸聲。她以為是惡作劇電話,於是摔下聽筒,把電視聲音調高了,並走到前門確認是否鎖好。

電話再次響起。珍妮接起來說:「喂?」

「你檢查過孩子了嗎?」來自另一端的低沉聲音說。珍妮感到困惑,問誰在打電話,但打電話的人已經走了。

15分鐘後,電話再次響起。只聽到一個男人歇斯底里地笑著,然後一把聲音說:「你檢查過孩子了嗎?」

女孩掛斷了電話,但匿名來電者多次回撥,保姆變得越來越害怕。

珍妮知道她應該上樓去檢查鮑比和蒂芙妮,但她的腿太虛弱了,無法安全地爬樓梯。她多次打電話給米勒,但無法聯繫上他們。

她開始感到害怕,於是報警。警方接線員說會通知警察,並追蹤下一個電話。又吩咐珍妮,如果那人再次打電話,設法與他多說一會兒,製造警方追蹤電話並逮捕對方的時間。

她剛放下聽筒，電話又響了：「我在樓上和孩子們在一起，你最好上來」珍妮試圖讓他多說一會兒。然而，那人可能猜到了她的意圖，掛斷了電話。

幾秒鐘後，電話再次響起，這次是接線員說：「立刻離開房子，電話是從房子裡打來的！」

保姆放下電話，就在這時她聽到有人從樓梯上下來。她逃出房子，剛好警察來了。警員闖進屋裡，發現一個揮舞著一把大刀的男人。他從樓上的窗戶進入房子，殺害了兩個孩子，正打算對保姆做同樣的事情。

其他版本

該故事流傳著許多不同版本，細節不盡相同：

在一些更適合兒童收聽的版本中，打電話的人往往是米勒家的孩子，頑皮的他們決定搞惡作劇作弄保姆，結果被警察發現並予以警誡。

另一版本是圓滿結局：保母救出了孩子，行兇者被警察逮捕。保姆僥倖地先看到兇手，接著逃出房子並召喚警察。當兇徒被警察帶走時，低聲地向保姆說「再見！」警方告訴其中一名孩子，他們在孩子的床底下發現了持武器的兇徒。

也有更為悲慘的結局，行兇者致電給保姆時，只會發出陰森的聲音，例如咯咯笑或沉重呼吸聲，沒有說一句話。這版本故事中，當接線員說出「電話是從房子裡打來」時，電話就安靜下來，接線員詢問保姆是否還在時，得到的回應是可怕的聲音，意味著保母已經被殺了。至於被謀殺的孩子，數量各不相同（通常一至三個）。

在一本名為《黑暗中講述的恐怖故事》(Scary Stories to Tell in the Dark)書中，孩子們和保姆一起看電視。疑兇打電話過來，說他會在短時間內與他們在一起。然後，當得知電話是從屋內打來後，他們聽到樓上的門打開，然後是一陣走向房間的腳步聲。

幾年後，保姆珍妮長大成人，有了自己的家庭。一天晚上，她和丈夫出去吃晚飯，自己的孩子則由保姆照顧。這晚本來一切順利，直到一名服務生走近，說有電話打給她。珍妮接起電話，聽到陰魂不散的一句話：「你檢查孩子了嗎？」。這是一些電影版本中出現的結局。

另一個變種版本涉及兩個保姆。在第一個女孩從警方接線員那裡得知電話來自樓上內線後，她跑向樓梯呼喚她的朋友。當走近樓梯時，她聽到樓上傳來的重擊聲——那是朋友被斷肢後拖著身軀下樓梯的聲音。在一些版本中，受傷的朋友告知保姆所有的孩子都被殺了，催促她逃離房子。

小丑雕像或小丑娃娃

結構類似的都市傳說，行兇者是一個小丑雕像或小丑娃娃。這一次，房子裡的角落，有一尊真人大小的小丑雕像，保姆見之大感不安。當孩子父母致電回家詢問家裡狀況時，保姆便問可否用毯子蓋住小丑雕像。然而她得到的回答是：「家裡根本沒有小丑雕像」……原來，這「雕像」其實是一個穿著小丑服裝的侏儒殺人犯！

某些靈異版本中，入侵者不是兇殘的連環殺手，而是一個死在那個家庭裡的復仇小丑幽靈。

傳說源自一謀殺案

這個故事首次出現在1960年代初，隨之在社區大量傳播，許多人聲稱這是一個「真實」的故事。不幸的是，這傳說可能源於1950年的一宗未解決的謀殺案。

1950年3月，在密蘇里州哥倫比亞鎮發生的一宗謀殺案——一位名為珍妮特·克里斯特曼（Janett Christman）的年輕保姆慘被謀殺。

事發當日，珍妮特要為當地一個名為羅馬克（Romacks）的家庭當保姆，無法決出席同學的聚會。她負責照顧3歲的小男孩。事發時，小男孩睡著了。當晚氣溫低於冰點，下著雨和雨夾雪。

當晚警方收到一個電話，電話另一端傳來絕望的尖叫聲，以及「快來」的求救聲。無奈，警方無法及時追蹤通話。當警察去到現場時，珍妮特已被人用鐵線絞死，死前疑遭強姦。顯然，警局收到的是珍妮特的求救電話。珍妮特的屍體被發現在羅馬克家的客廳地板上，不幸中之大幸是，3歲的孩子睡得正甜，並未遇害。

警方對數十名男子進行了盤問，最有可能的嫌疑人是羅馬克家的朋友羅伯特·穆勒。羅馬克作證說，27歲的穆勒曾說珍妮特的「身材發育良好」。而警方亦在屍體上發現了與穆勒機械鉛筆相匹配的刺傷。

可惜警方在案件中出現失誤，穆勒從未因謀殺被起訴。直到今天，這個案件仍是懸案。

年輕保姆珍妮特被殺的兇案現場。

25

羅拔娃娃Robert the Doll
向遊客施咒的鬧鬼玩偶

地點：佛羅里達州基韋斯特、東馬泰洛堡博物館

羅拔娃娃是個知名的鬧鬼玩偶，在佛羅里達州基韋斯特的東馬泰洛博物館展出。此娃娃曾經屬於畫家、作家和基韋斯特居民羅拔‧尤金‧奧托(Robert Eugene Otto)故而得名。

這個傳說中的「邪惡」娃娃百多年來一直困擾著基韋斯特的居民。據說它具有超自然的能力，可以移動、改變面部表情，還會發出咯咯的聲音。

羅拔娃娃
(By Cayobo from Key West, The Conch Republic - Robert The DollUploaded by LongLiveRock, CC BY 1.0,wikimedia)

兩種起源說法

這娃娃是由德國Steiff公司製造的，是奧託的祖父於1904年去德國旅行時購買的，用來送給年輕的奧托(OTTO，家人卻慣稱他為吉恩)作為生日禮物。娃娃身上的水手服，可能是奧托小時候穿的衣服。

但另一個版本卻稱，娃娃是1900年代初家裡的女僕送給奧托的。據說，女僕擁有巴哈馬血統，因為受到老闆的虐待，為了報復，便把娃娃送給老闆的小兒子。

人們相信她用巫毒黑魔法詛咒了這娃娃。

奧托很喜歡此玩具，到處都帶著它，甚至以自己的名字「羅拔」為娃娃取名。沒多久，這家人開始注意到羅拔娃娃的邪惡跡象。

不尋常的事情首先發生在某一晚上。當時只有十歲的奧托醒來，發現羅拔娃娃坐在床尾盯著他。過了一會兒，母親被臥室裡家具翻倒的聲音吵醒，又聽到奧托的呼救聲。她急忙打開鎖上的門，看到奧托害怕地蜷縮在床上，房間內一片狼藉，而羅拔娃娃則坐在床腳。

不久之後，家裡就會出現殘缺不全的玩具和神秘事件，每次奧托都會宣稱：「羅拔幹的！」儘管奧託一家不太相信奧托。但據傳言，奧託一家和僕人經常聽到奧托在臥室裡用兩種完全不同的聲音說

話，彷彿與洋娃娃交談，並發出咯咯笑的怪異聲音。

僕人們報稱看到娃娃說話，還目睹其表情變化。街外的路人也聲稱看到一個小娃娃從一個窗戶移動到另一個窗戶，或從窗戶往外看。羅拔娃娃最終被搬到閣樓，放置在那裡好幾年。

邪門事件不絕

父母去世後，奧托繼承了家族豪宅。他和妻子安妮搬回了基韋斯特伊頓街（Eaton Street）的家。安妮對家中的羅拔娃娃感到不安，雖然無法具體說明，但她希望奧托把娃娃鎖在閣樓裡；但奧托認為娃娃需要一個自己的房間，於是把它搬回原來二樓的臥室，那裡有一扇可以俯瞰街道的窗戶。

那時候，奧托已經成為一名藝術家，當地人強調，奧托會獨自在豪宅裡與他的老朋友羅拔娃娃一起畫畫。傳言又說，奧托的妻子一度將娃娃鎖在閣樓，企圖使娃娃不能傷害別人。後來安妮死於「精神錯亂」。

去過奧托家的訪客說，聽到閣樓裡有人來回踱步的腳步聲，以及邪惡的咯咯笑聲。鄰居的孩子說，看到羅拔娃娃從樓上臥室的窗戶盯著他們。在某段日子，奧托也嘗試把它鎖在閣樓，當他聽到這些傳聞，便立刻前去查看，令他大吃一驚的是，當他打開臥室門時，明明鎖在閣樓的娃娃正坐在窗邊的搖椅上。奧托多次將羅拔鎖在閣樓，卻每次都發現它又回到臥室的窗邊。

奧托於1974年去世，當新主人搬進房子時，他們十歲的女兒高興地在閣樓裡發現了羅拔娃娃。據說她也發現娃娃的異常，經常在半夜驚醒，害怕地尖叫，並告訴父母羅拔在房間裡四處走動。

向遊客施咒

不久之後，羅拔娃娃就被贈送出去，如今住在佛羅里達州基韋斯特的東馬爾泰洛堡博物館，有些人認為娃娃的髮色和靈魂都在慢慢褪色。不過，根據傳說，遊客不能掉以輕心，因為羅拔現時最喜歡的惡作劇是對向它拍照的人施咒。它身處的玻璃櫃附近的牆上，貼滿了以前訪客的來信，內容都是乞求羅拔的原諒，希望它解除詛咒。

根據當地民間傳說，這娃娃能使人「車禍、骨折、失業、離婚和其他不幸」，博物館參觀者會因為「不尊重羅拔」而經歷「參觀後的不幸」。該玩偶於2008年5月在佛羅里達州克利爾沃特舉行、由大西洋超自然現象協會主辦的TapsCON大會上展出，這是羅拔娃娃於104年以來首次離開佛羅里達州基韋斯特。2015年10月，這個娃娃被帶到拉斯維加斯，參加旅遊頻道 Zak Bagans 的「鬧鬼博物館」電視節目。

26

布里奇沃特三角The Bridgewater Triangle
無法解釋事件的區域

地點：馬薩諸塞州東南部

馬薩諸塞州東南部的布里奇沃特三角，是一處大而神秘、令人毛骨悚然的地區。

這裡曾經發生過邪教謀殺，也發生過各種各樣的超自然事件——鬧鬼、UFO目擊事件、大腳怪目擊事件、奇怪的蛇、發光的光球等等。

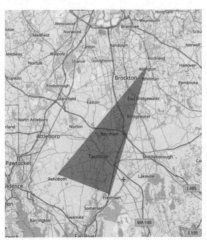

布里奇沃特三角
（By Lord Belbury - OpenStreetMap, ODbL, cc wikimedia）

所謂布里奇沃特三角，是指由西南部的里霍博斯(Rehoboth)、北部的阿賓頓(Abington)，到東南部的弗里敦(Freetown)，以此三個點畫成的三角地帶，數十萬人居住在其中，佔地 200 平方英里。該處因中間有布里奇沃特社區(Bridgewater)而得名。

此地帶的詭秘現象，乃由神秘動物學家洛倫·科爾曼(Loren Coleman)於1983年出版的著作《神秘的美國》而起。書中他創造了「布里奇沃特三角」一詞，靈感來自於百慕達三角。「我認為，布里奇沃特三角區每平方英尺的奇異之處比百慕達三角還要多，原因當然是歷史悠久。」

三角地區是各種超自然現象的發生地，從鬼魂到不明飛行物再到大腳野人：

1. 菲利普國王洞的幽靈火

諾頓的菲利普王洞是布里奇沃特三角區最著名的地點之一，這與馬薩諸塞州歷史上的黑暗時期有關。

此處是1675-76年菲利普國王戰爭的戰場。這是一場1670年代中期英國定居者與美洲原住民之間的戰爭，主要發生在布里奇沃特三角地區，萬帕諾亞格酋長梅塔科姆(又名菲利普國王)率領一場反抗英國殖民者的起義，最終菲利普國王被絞死、斬首、拖曳、分屍。這是美國歷史上按人均計算最血腥的戰爭，百分之七十五到百分之八十的土著被殺，百分之二十五的殖民者死亡。

岩石結構的菲利普國王洞，據說是酋長在戰爭後期藏身的地方。在洞穴附近探險的人，經常報告說看到無法解釋的漂浮光球，被稱爲「幽靈火」。他們在遠處看到篝火，當靠近時，火光就會消失。另外，那裡也有莫名其妙的鼓聲，被稱爲「幻鼓」。

2. 魔鬼沼澤

三角區的中心是霍克莫克沼澤，它構成了波士頓南部濕地的很大一部分。在沼澤中，最大的活動區域之一是尼彭尼克特湖周圍一帶。

在湖周圍，有人目擊過大腳怪、巨鳥、怪蛇、幽靈。霍克莫克沼澤擁有豐富多樣性的動物、植物和地質。茂密的環境意味著這是一處非常難以導航的地方，某些生物可能潛伏在沼澤中而不被發現。

萬帕諾亞格部落將此地方命名爲Hockomock，意思是「靈魂居住的地方，殖民定居者稱其爲「魔鬼沼澤」。

3. 雷納姆狗跑道的pukwudgie

舊雷納姆-湯頓灰狗賽道(Raynham-Taunton Greyhound Track)周圍的樹林也是超自然現象熱點。

比爾·拉索（Bill Russo）發表過一份報告：在一個午夜時分，當時他在賽道附近遛狗，突然發現一個看似穿著奇怪毛茸茸服裝的

孩子站在樹林旁的路燈下。

「Ee wah chu，keyer」，那人對拉索說出這番話。拉索試圖與他談話，但毫無作用。拉索那條通常很勇敢的大狗非常緊張，所以他轉身離開了。

思索自己的經歷一番後，拉索相信自己看到了pukwudgie（當地土著傳說的一種神奇生物）。而神秘生物那番話，意思是：「我們需要你，來這裡。」

4. 伊斯頓磨坊池塘的撒旦小鬼

布里奇沃特三角最奇怪的車站位於伊斯頓的米爾街，那裡有一個標誌，寫著18世紀「約翰塞利鋸木廠」的所在地。標誌上寫著塞利的兒子內森是一名巫師，他利用「撒旦小鬼」連夜經營工廠。

民間故事稱，魔鬼親自拜訪了內森・塞利，向他提供免費但邪惡的勞動力——一群撒旦小鬼。有人懷疑，撒旦小鬼實際上就是pukwudgies。

5. 湯頓州立醫院　最著名的鬧鬼場所

位於湯頓市中心的湯頓州立醫院於1854年開始收治精神病患者，那裡是布里奇沃特三角區最著名的鬧鬼場所之一。根據《布里奇沃特三角的幽靈》，該醫院使用許多野蠻的治療技術，包括將患者浸入水中、長時間將他們置於寒冷環境中、高壓電擊，還有前額葉白

質切除術。

醫院裡曾住著一些著名的病人，其中包括意大利裔美國人安東尼‧桑托（Anthony Santo），他承認自己受幻覺影響，將兩個表兄弟和一名6歲女孩引誘到樹林裡加以殺害。另一位著名的病人是霍諾拉‧「喬莉簡」‧托潘（Honora "Jolly Jane" Toppan），她是一名護士，在1901年被捕後承認犯下了至少31宗謀殺案。

據報道，醫院大樓三樓住著一名白衣男子的鬼魂，此外還有各種鬼魂。在地面上，人們有時會看到一個老人的鬼魂在草地上行走。到了晚上，醫院後方的樹林會傳出撞擊聲、尖叫聲和呻吟聲，建築物內不時出現人形的薄霧或陰影。還有報導稱，醫院的病人和工作人員參與了邪教活動。

6. 五月花山公墓

布里奇沃特三角區最著名的墓地之一是湯頓的五月花山公墓。那裡有一張空搖椅，相傳一個女孩在椅子上向後摔倒後死亡；另一些人則說，她坐在椅子上，被告知不要離開，可惜在火災中死亡。

歷史記錄，該墳墓的主人是一位名叫珀爾‧弗倫奇（Pearl French）的女孩，她於1882年3月26日因脊髓膜炎去世，年僅4歲。

7. 紅髮搭便車者

傳說天黑後開車靠近44號公路Rehoboth-Seekonk線的人，

可能會遇到奇異事件。你可能遇到一個紅髮男子伸手要求搭便車，他通常穿著紅色法蘭絨和藍色牛仔褲，當他走進車子後便會消失不見……有人在路邊看過他，也有人在擋風玻璃上看到他的倒影。

8. 阿索內特自殺岩礁

弗里敦國家森林是多宗黑暗真實犯罪的發生地。警察表示，20世紀70年代至90年代，森林裡經常有撒旦教活動。

森林中最令人毛骨悚然的地方之一是阿索內特岩礁（Assonet Ledge），這是一塊高聳的岩礁，相傳有鬼魂站在岩礁上，在消失前往下跳。據說人們會在壁架上看到幽靈火焰、幽靈燈光，甚至全身的幽靈。更恐怖的是，即使你沒有自殺傾向，當到達山頂時，你會意識到有一個幽靈跟你說「要麼跳，要麼離開」，然後產生一種強烈想跳下去衝動。

9. 莉齊波登之家

布里奇沃特三角區另一著名鬧鬼地點是位於福爾河（Fall River）的莉齊·波登（Lizzie Borden）故居。這棟房子是1892年艾比·博登（Abby Borden）和安德魯·博登（Andrew Borden）被斧頭謀殺的實際發生地。他們的女兒莉齊被無罪釋放，但人們對這宗懸案依舊有許多猜測。傳說中，這棟房子會出現幽靈，探訪者更會被某種未知的力量扔到牆上，甚或從樓梯上摔下來。

27

流浪巴士THEBUSTONOWHERE
只接載絕望的乘客

地點：費城

「無處可去的巴士」的傳說，在費城大概出現了十多年。話說有一架沒有 LCD 顯示屏、也沒有列出任何路線的巴士，人們稱之為「零」或「流浪巴士」。

流浪巴士

「流浪巴士」不知從哪裡冒出來，走完其路線後會回到原來的地方。它幾乎出現在任何地方，但最常見的是西鮑威爾頓（West Powelton）、中心城（Center City）、帕辛克（Passyunk）和多芬（Dauphin）地區。

　　相傳，司機只接載陷入絕望的乘客。要怎樣程度的絕望呢？那必須是不知道自己是否還能熬過明天，如此程度的沮喪，司機才會介入，爲他們提供最後一次救贖的機會。

　　據乘客稱，該巴士的 LCD 選框是空白的，不顯示路線、街道或目的地。儘管公共交通的 SEPTA 標誌位於巴士側面的顯著位置，但它並未出現在任何官方公司清單或公車地圖上。

　　沮喪的乘客如想登車，必須揮手示意截車。如果獲得許可，門就會打開。有時乘客遙遙目睹巴士，司機會刻意不停車，讓他們跑著追趕，以證明他們多麼需要乘車。乘客有兩個選擇：追趕或放棄。那些放棄追車的人永遠不會有第二次乘坐「流浪巴士」的機會。

　　當他們上車後，自動語音會報出上車的十字路口名稱，但不會提及目的地或停靠點。司機也不會與乘客互動，只示意他們坐下。這巴士是免費的，一些乘客表示，他們把手頭的零錢放進錢箱，卻見其他乘客什麼也沒付。乘客們知道公車正在行駛，但看不到外面的世界。巴士彷彿是完全獨立的。車上的人都非常專注於自己。

一場反思的旅程

　　坐下後，旅程開始。乘客很快陷入深思、恍惚的狀態。這似乎是巴士的魔力，它使人有意識或下意識地面對自己內心的魔鬼。這種沉思的時間長度不一，許多人會在這狀態中停留，直到意識到自己需要去哪裡。

　　每一個選擇、情境和結果，均在旅程中剖析和揭示給乘客，只有在他們看到自己錯處之後，他們才能擺脫後悔，爲未來的改變騰出空間，從那種特殊的心理狀態中走出來。對某些人來說，過程可能只需數分鐘；對於部分人來說，可能需要數天或數周。據傳，對於一些受盡折磨的人來說，這種狀態可能持續數月甚至數年。

　　當乘客走出這種分析性的心理狀態時，他們會意識到自己的身份和目的，戰勝過去的創傷。雖然獲得啟蒙，但這並不意味得到解脫，因爲實現目標需要努力。這時他們會從恍惚中醒來。

　　就在這一刻，他們可以拉動繩子(或按鈴)，被放下在上車時的同一地點。下車後不久，公車就消失在夜色之中。據稱，這輛把士會在美國東北部的其他城市中被目擊，在黃昏到黎明時段。

　　有人估計這都市傳說是從2011年的一篇帖子開始引發的集體幻覺。據稱，流浪巴士傳說最初是由喜劇演員兼博客作者尼古拉斯·米拉(Nicolas Mirra)想出來的。2011年，他在費城居住時發佈了

名爲《費城都市傳說：流浪公車》的故事。漸漸成爲賓夕法尼亞州的知名靈異故事。

如果你感到生活充滿絕望，不妨前往費城，試著乘搭這巴士。

28

巴克上校詛咒之墓
Colonel Buck's Cursed Tomb
女巫死前的詛咒

地點：緬因州巴克斯波特

在緬因州巴克斯波特的早期，城鎮創始人喬納森・巴克上校處決了一名女巫。

在她被劊子手殺死之前，她詛咒巴克……75年後，巴克的紀念碑上出現尖頭長襪形狀的水漬，彷彿是一個印記，女巫預言成真了。

巴克上校的紀念碑

巴克斯波特城鎮創始人喬納森‧巴克(Colonel Jonathan Buck)上校的墓地上，花崗岩紀念碑上有一灘神秘的污漬——看起來，像是女人穿絲襪的腳、或者像一隻靴子的圖像。

巴克上校是獨立戰爭英雄。1700年代，巴克和家人前往緬因州開展新生活，那裡後來取名爲巴克斯波特。巴克擔任城鎮的法官。身爲清教徒的他，處理一宗年輕女子被控施行巫術的案件，嚴厲地判處女子火刑(一說爲絞刑)。

年輕女子遭燒死了，她的腿從篝火中滾出來，那正是紀念碑上腿形污漬圖案的由來。

臨死前，她咆哮叫喊：「喬納森‧巴克，聽聽這些話，這是我的舌頭說出的最後一句話。這是唯一又眞又活的上帝之靈命令我對你說這些話。你很快就會死去。他們會在你的墳墓上豎起一塊石頭，讓所有人都知道你的墳墓……我的詛咒將永遠降臨在你身上，我的印記將永遠留在墓碑上。」對他下詛咒後，女子便去世。

另一版本說，年輕女子根本不是女巫，只是在社會不可接受的情況下懷上巴克的孩子。她秘密地誕下兒子，不幸是一個畸形兒。殘忍的巴克便以處決女巫爲名，保護自己的名聲

女子遭受火刑，畸形的兒子在腿掉落時抓住了腿，帶著遺物逃跑，並對上校施加了詛咒：「你的墳墓將永遠帶有女巫的腳印!」

印記無法消抹移除

巴克的後人談到小鎮與紀念碑污漬的傳奇時說：「據說他們以某種方式抹除了腿的污漬，但它又重新出現了。然後他們完全換掉石頭，以新石頭替換了它，可是腿污漬看起來和以前一模一樣。」據說紀念碑已更換了兩次，但腳的印記不斷回來！

幾個世紀以來，巴克斯波特古墓的傳說不斷發展，現在完全成爲一個旅遊景點。旅客紛紛湧至觀看這片幽靈般的污跡。

歷史學者說，有證據反駁此傳說的眞實性。第一是缺乏處決的文獻記錄，其次是巴克上校無權判處任何人死刑，再者他是在美國的女巫大審判結束幾十年後出生的。此外，巴克紀念碑根本不是他的墓碑，而是在巴克死後60年後才豎立的。專家認爲，那污漬般的圖像，只是花崗岩由氧化引起的常見現象。

29

羅德島惡魔的腳印
The Devil's Footprints in Rhode Island
撒旦會造訪新英格蘭南部嗎？

地點：羅德島州北金斯敦

當遊人沿著羅德島州北金斯敦的郵政路行駛時，會看到一個名字很奇怪的路牌——魔鬼腳路。靠近Quonset入口處的是一個巨大的花崗岩壁架，被稱為魔鬼腳岩（Devil's Foot Rock）。

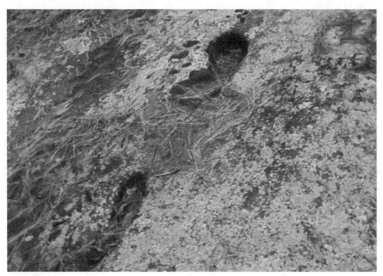

魔鬼腳岩

魔鬼腳岩背後有什麼故事？最普遍的說法可以追溯到1850年左右。當時基督徒忙於改變當地原住民的信仰。據說一名原住民婦女因謀殺了白人，不得不逃亡。逃亡期間，她遇到一位表情嚴肅的英國紳士，問她願不願意跟他走一小段路。原來，那英國紳士是撒旦的化身。

婦女猶豫不決，可是撒旦抓住她的手臂，她無法逃脫。邪靈卸下了偽裝，抓住她的腰，狠狠地踩腳，在花崗岩上留下足跡。然後魔鬼帶著婦女飛到煉獄深淵，將她拋入洶湧的水中。

另一個故事裡，魔鬼和他的狗只不過在玩，一魔一狗快樂地從一塊岩石跳到另一塊岩石，並且抓住新娘跳入納拉甘西特灣。他跳躍的力量在花崗岩上留下了足跡。

傳說中，魔鬼不僅在北金斯敦的魔鬼腳岩留下痕跡，還在南金斯敦的煙囪山、布洛克島，以及康乃狄克州都留下足跡。

1939年，這片土地被捐贈給羅德島歷史學會，兩年後，工人清理土地以建造鐵路線時，無意之間發現這些痕跡。現在，岩石壁架保留了下來，距離公路和鐵路線保持一段距離，並不易找到。岩壁表面仍然可以見到撒旦的腳印。一個像偶蹄的形狀（惡魔之腳有時被描述為羊蹄），另一個與人腳的形狀和大小相仿。

至於康乃狄克州的惡魔足跡另有故事。相傳魔鬼被鎖在康乃狄克州多年，最終逃脫，他拖著鍊子，在山腳下的巨石上停下來休息。山岩上的凹痕是他的鎖鏈的痕跡。世人相信，邪惡的腳印中不會生長任何東西，而腳印以外的岩石表面均覆蓋地衣和厚厚的苔蘚。由此更相信那是魔鬼腳印。

30

法院窗戶裡的臉
The Face in the Courthouse Window
被閃電烙下的人臉圖案

地點：阿拉巴馬州

這是阿拉巴馬州西部備受關注的奇異現象之一。阿拉巴馬州北部和西部的大多數公民，大概也聽過卡羅爾頓的「法院窗戶裡的臉」。

法院窗戶裡的臉及臉孔放大圖

故事是這樣的：1878年，亨利·威爾斯（Henry Wells）因燒毀卡羅爾頓市中心的法院而被捕。後來這棟大樓重建，威爾斯被捕後試圖逃跑，被警察開槍射中腿部，給帶回大樓地下室的監獄。

憤怒的暴民之所以想把威爾斯從監獄裡帶走，希望對他處以私刑，是因為有價值的文件在火災中完全焚毀了。

　　由於擔心威爾斯的安全，警長將威爾斯從監獄中帶了出來，轉移到樓上的閣樓。當治安官試圖安撫暴徒時，威爾斯正在閣樓窗戶觀看狀況，還在窗前大喊大叫，宣稱自己無罪。

　　傳說中，當時一場雷雨席捲小鎮，威爾斯把臉貼在玻璃上，俯視著居民，並詛咒那些想要殺死他的暴徒。忽然一道閃電擊中威爾斯，閃電把他的影像刻在了玻璃窗上。當治安官回到法院時，發現威爾斯死在窗下。

　　事實上，根據記錄，人們只知道1878年1月29日，威爾斯在費爾菲爾德附近的比爾麥康納（Bill McConner）種植園被捕。威爾斯試圖逃跑，結果中了兩槍，隨後被送往監獄。他一直活到1878年2月3日，然後因兩處槍傷去世。

　　1927年12月30日，一場「可怕的冰雹」席捲了卡羅爾頓，最終打破了法院窗戶上的一塊玻璃，但臉痕所在的那塊就完好無缺。

31

格登怪光Gurdon Light
涉及謀殺案的幽靈光

地點：阿肯色州克拉克縣格登

與其他鬧鬼事件不同，格登鬼光是一種當前現象，而不是過去的古老傳說。專程尋找它的人不乏成功例子，電視節目也拍到過。許多知道格登怪光的人，均相信它是確實存在的。

格登光(Mister49, CC BY-SA 4.0)

格登位於阿肯色州南部 30 號州際公路上小石城（普拉斯基縣）以南約 85 英里處，就在 30 號州際公路以東 67 號高速公路。

「格登怪光」（Gurdon Light）是位於附近鐵軌及鄰近樹林的神秘漂浮燈光，首次被發現是在 1920 世紀 30 年代。它是一種怪異的白藍色光，有時呈現橙色。光線來回搖晃，在地平線上移動。這種光經常出現在最黑暗的夜晚，並且在多雲和陰天時觀察效果最佳。

有趣的是，從高速公路上看不到此光，你必須去那裡，途中經過兩個棧橋，徒步兩英里半才能到達觀看神秘燈光的地方。當見到軌道上有輕微的傾斜，然後是一座長長的山丘，就是看怪光的地點了。怪光神出鬼沒，它選擇出現時就會出現，當它選擇讓你看到時，你就會看到它。

傳說中，這種怪光與 1931 年的一宗謀殺案有關。故事發生在鎮上幾英里外的舊鐵軌上，這些鐵軌後來已被拆除。

受害者的燈籠

一天晚上，鐵路工人威廉・麥克萊恩（William McClain）在城外工作時發生意外。當人們發現掉進火車軌的威廉，他已不幸身亡，更身首異處。由於威廉的頭與身體分離，當地人就流傳格登怪光其實是威廉的亡魂在尋找頭顱時所使用的燈籠。

究竟威廉因何被殺，兇手是誰？原來威廉死前曾與路易・麥克布

萊德（Louis McBride）發生爭執，後者因而動了殺機。他們爲什麼吵起來呢？有兩個原因。

首先，路易早前破壞了一段軌道並導致脫軌，威廉因而指責他。其次，在大蕭條期間，公司無法選擇給予路易更多的工作時間。路易非常生氣，用鐵鍬擊打威廉的頭部，並用釘錘把他打死。

謀殺案發生後不久，人們開始看到了格登燈光。因此許多當地居民相信，這其實是威廉鬼魂在鐵軌上徘徊，攜帶生前的燈籠所發出的光。

1932年，阿卡德爾菲亞報紙《南方標準報》的一篇文章稱，路易告訴治安官，他殺了威廉，皆因威廉指責他該爲幾天前的火車事故負上責任。

有些人認爲這種燈光只不過是30號州際公路上汽車前燈的反射。一種主要理論是，它實際上是高速公路燈通過樹木反射的結果。然而，歷史學家卻不同意。他們說，早在高速公路出現之前，居民就已對這種怪光有所記載和談論。

其他理論認爲，該地區的地下石英晶體處於持續的壓力下，會引起壓電效應，從而產生光芒。壓電是由某些陶瓷和晶體等材料產生的，這些材料在彎曲或擠壓時會產生電流和火花。

32

阿拉巴馬鬧鬼橋
Haunted Bridge In Alabama
過橋時切勿回頭觀望

地點：阿拉巴馬州

阿拉巴馬州有許多橋樑，其中有幾座以鬧鬼聞名。最著名的一道橋樑位於牛津（Oxford），號稱「地獄之門」橋，堪稱最猛鬼的橋樑。

「地獄之門」橋（YouTube/Half Past Dead Paranormal Radio）

這道橋正名為老奧爾頓橋，建於 20 世紀初，是一座歷史悠久的鐵桁架橋，橫跨阿拉巴馬州東北部鄉村的利特爾河，是當地人重要的交通路線，連接社區並促進商業發展。

此橋的「地獄之門」稱號之所以得名，皆因許多人相信，只要在橋上停下來回頭一看，身後的路就變為地獄的火焰之門。多年來，不少當地人都聲稱經歷過這種情況。其他中邪者則說在過橋時看到幽靈，或聽到無形的聲音，很多人都感受到一種窒息性的恐懼感。

為什麼該橋如此凶猛？故事圍繞著一群奴隸，他們在內戰時期在橋上被私刑處死。相傳，他們飽受折磨的靈魂一直在橋上徘徊，為其遭受的不公正行為宣洩怒火。

一道橋　多重鬼故

老橋經歷了許多年歲，難免發生過一些意外，橋上的另一些靈異故事，就與這些意外有關。

在 20 世紀 50 年代，一對年輕夫婦的汽車意外駛離橋面，掉進下面水裡喪生。據說，在漆黑的夜晚，如果你在橋上停車並關掉所有燈，這對夫婦中的一個成員就會走進車輛，在座位上留下水濕痕跡。

另一個令人毛骨悚然的傳說是「哭嬰橋」故事。相傳一位年輕的母親因農村生活艱辛而陷入瘋狂，某一天忽然將孩子從橋上扔到下

面的河裡，然後結束自己的生命。有些遊客聲稱在夜深人靜時聽到了嬰兒哭聲，在水面上迴盪。

出於安全考慮，當地官員正在使用水泥塊封鎖阿拉巴馬州的老奧爾頓橋，駕駛者無法開車通過它，僅供行人使用。但由於橋實在又舊又爛，所以也不建議步行穿過。到了2005年底，此橋正式關閉，當局興建了一條名為 Leon Smith Parkway 的新道路，從友誼路到牛津交易所，將其與新的戶外購物中心連接起來。

無論地獄之門橋背後的故事是否真實，不少當地人均聲稱有過親身經歷，眾口一詞，地獄之門可謂名不虛傳。

33

怪病Mercritis
因鉛而使女人發瘋的奇病

地點：密西西比

有一種名為Mercritis的疾病，傳說染上它的男人會散發出一種氣味，當女人吸入這種氣味時，會產生殺人的念頭。

有傳言稱，1959年，密西西比州爆發了Mercritis疫症，引發大量婦女騷亂。

傳說女人吸入某種氣味，會失去理智。

Mericritis是一種病，未必在醫學書中有記載，因為它是一則都市傳說。

據稱，首例 Mericritis 病例發生在歐洲。

當時一名男子在海邊村莊被十幾名婦女追趕。為了逃避她們，他絕望地跳進溫度遠低於冰點的水中。隨後婦女們也毫不猶豫、不顧自身安危跟了上去。據說他和所有女襲擊者都淹死在冰冷的水中。

那麼，這種疾病是如何傳播到密西西比州城鎮的呢？沒人得知原因。傳聞只是說，20 世紀 50 年代，這種可怕的疾病蔓延到了密西西比州的一個小鎮。

據推測，疫情原因，與幾名男子攝入大量鉛有關。男人因何會攝入鉛？估計他們曾經接觸大量油漆，由此攝入鉛而汞中毒。

舊建築中受鉛污染的灰塵、含鉛油漆、水和土壤是兒童和成人鉛中毒的來源。在汽車修理廠工作、或進行房屋裝修的成年人可能會接觸到鉛。當鉛量達到危險水平時，有機會出現各種症狀，包括煩躁、腹痛、嘔吐、食慾不振、體重減輕、疲倦、癲癇等。

如果一個人在鉛中毒中倖存下來，他們可能會患上Mericritis。

受感染男性肝臟和腎臟的分泌物會滲入皮膚，產生一種荷爾蒙氣味，足以使平時溫柔友善的女人，瞬間變得不理智、反覆無常，導致最溫柔的女性變成殺人狂，對小鎮造成了嚴重破壞。

據推測，Mercritis對總人口的影響不到萬分之一，但任何年齡的男性也有可能患上。Mercritis罕見的原因是，一般油漆會導致嚴重的器官衰竭，許多時候患者捱不了多久已經死亡，故此Mercritis也甚少出現。

這種怪病，目前尚無已知的治療方法。

有傳言稱，1959年，密西西比州爆發了Mercritis，引發了婦女騷亂。但這則傳說頗乏證據，細節亦欠奉，難以作更細緻的描述。

34

薩巴特斯井事件
The Sabattus Well Incident
男孩井下經歷之謎

地點：緬因州薩巴特斯鎮

一群青少年將一位朋友放入薩巴特斯的井中。這口井位於墓地後面，附近居民都說此井鬧鬼。小男孩為了給大家留下深刻印象，同意接受挑戰。男孩坐在橡膠輪胎上，被放入井中幾分鐘，直到朋友們再也看不見他……

薩巴特斯廢棄的井

緬因州薩巴特斯鎮人口約5,034人，那裡大約有10個墓地，此故事背景正位處其中之一。從薩巴特斯的長灘路出發，沿著一條人跡罕至的小路——米切爾街（Mitchell Street），稍微走一段路便到達老庫姆斯墓地。薩巴圖斯井就位於墓地後面的樹林裡。

「薩巴特斯井」傳說距今不算太久，它發生於1990年代初。

話說一群青少年挑戰膽量遊戲，看誰敢走入薩巴塔斯一口著名鬧鬼的井中。一名年輕男孩爲了給朋友們留下深刻印象，同意接受挑戰。男孩坐在一個橡膠輪胎上，被降到井中。等了許久，朋友們都聽不到男孩的聲音。

當他們意識到繩子的另一端沒有任何動靜，連忙將輪胎拉上來。詭異的事情發生了，坐在輪胎上的再不是那個小男孩。應該說，他仍是他，但外表像一個老人，僅幾分鐘的時間，臉容變得蒼老了五十歲，頭髮變得花白，全身顫抖，無法說出有意義的句子，只會瘋狂大笑。當朋友們試圖詢問發生何事，他只懂胡言亂語，顯然已經失去理智。很明顯，他瘋了。

發生如此巨變後，男孩一直沒能從這種狀態恢復過來。他的病情無法治癒，被送往縣精神病院，以精神病人的身份度過餘生，根本沒有能力講述井底發生何事。據說，他至今仍在精神病院，不時坐在窗戶前對外尖叫。

如今探險人士再也找不到這傳說的井。那口井要麼從來都不存在，要麼因為某種原因，早被填平或掩蓋了。

35

薩滿門戶Shaman's Portal in Oklahoma 充斥超自然現象

地點：俄克拉荷馬州「狹長地帶」

沙丘充滿了超自然現象，曾發生過多次人類失蹤、秘密軍事挖掘和「黑衣人」目擊事件，因此被稱為「俄克拉荷馬州的百慕達三角」。

傳說沙丘之下埋藏了一艘飛碟。

俄克拉荷馬州潘漢德爾(Oklahoma Panhandle)一個名爲比弗(Beaver)的小鎮外面，有一個被稱爲「狹長地帶」的地區，涵蓋了俄克拉荷馬州最西北地區300多英里的範圍，內有一個地區遍佈沙丘。沙丘充滿超自然現象，曾多次發生人類失蹤、秘密軍事挖掘和「黑衣人」目擊事件，因此被稱爲俄克拉荷馬州的百慕達三角，或「薩滿之門」。

薩滿之門的奇異故事

故事至少可以追溯到1500年代。西班牙探險家科羅納多和他的船員早在1541年就穿過俄克拉荷馬州狹長地帶。在穿越該地區尋找新大陸黃金時，他們無視美洲原住民嚮導千叮萬囑遠離沙丘的警告。探險隊三名成員看到遠處飄浮著詭異的綠光，便追了上去，結果他們在科羅納多眼前消失——消失在奇怪的綠色閃電中，從此再沒有回來。科羅納多在他的探險日記中稱此現象爲「魔鬼的傑作」。

傳說這些沙丘實際上是古老印第安墓地，亦爲薩滿之門，故此美洲原住民一早警告科羅納多不要去那裡。

近代沙丘傳說

及至近代，「薩滿之門」的傳說更爲層出不窮，涉及UFO墜毀、外星人居住、詛咒、軍方絕密、黑衣人(Men in black)的掩飾等等。

當地人聲稱目睹美軍在夜色掩護下於沙丘挖掘。據稱軍方從該地區回收了一艘太空船。

　　20世紀90年代，考古學家馬克‧撒切爾博士（Dr. Mark Thatcher）收到一份奇怪報告，於是親赴「薩滿之門」，花了三年時間致力研究。團隊採集了一些地質樣本，發現一些異常現象，包括電離土壤和電磁干擾。他們相信沙丘下埋藏了什麼。後來，他們受到美國軍方或黑衣人的壓力與警告，不得不放棄研究。

　　都市傳說言之鑿鑿地道出前因後果：原來沙丘地區是古代外星飛碟的墜毀的地點，釀成外星人死亡，也令該處成為古代外星人的墓地。永不能重返故鄉的外星鬼魂為該地區帶來了詛咒，故此當地才會充斥不可思議的現象。

36

幽靈山Spook Hill
違反地心引力的斜坡

地點：佛羅里達州威爾士

幾十年來，佛羅里達州波爾克縣一個歷史悠久的路邊景點，一直讓遊客感到困惑。那是一處彷彿不受地心引力影響的奇異地帶，人稱幽靈山（Spook Hill）。

幽靈山神秘斜坡（Ebyabe, CC BY-SA 3.0, via Wikimedia Commons）

在佛羅里達州威爾士湖區的山丘,一條單行道兩旁長滿了青苔的橡樹,通往一座高聳的斜坡。路上一條白線上方有一個拱形標誌,用滴水般的幽靈字母拼出這個名字:SPOOK HILL。

從1950年左右開始,幽靈山成為當地重要的旅遊景點,因為當時駕車旅行是全國流行的度假方式。話說一個老黑人將車子停在這座山腳下,打算向湖邊走去。當他回頭看一眼他的老爺車時,赫然見到汽車慢慢地倒車上山,引擎卻沒有運轉。「他們是幽靈」,他在暈倒前說道。這就是幽靈山的名字由來。

不止那黑人才遇到此怪事。倘你開車到該處,將汽車置於空檔並關閉引擎,詭異現象開始顯現。汽車停止狀態下,竟然不受地心引力影響滑下斜坡,而是倒車、駛上山去。這被歸類為一種錯覺現象,通常稱之「重力山」。視錯覺令人在下坡時誤以為自己正在上坡的怪異感受。

海盜幽靈推車

這似乎屬於自然現象,但內裡一樣有傳說,這次與一個脾氣暴躁的海盜幽靈拉上關係。在 16 世紀,一位名為吉米·薩沙帕里拉(Gimme Sarsaparilla)的血腥海盜船長,經常在佛羅里達的海岸附近打劫船隻。後來,他和助手瓦尼拉(Teniente Vanilla)決定金盆洗手,在佛羅里達的威爾斯湖退休,過著相當舒適的生活。

後來,薩沙帕里拉船長先過世,埋葬在北威爾斯湖的底部。不

久之後，瓦尼拉也去世了，埋葬於幽靈山。

故事至此仍未完結。幾百年後的1926年，一名男子將汽車直接停在某個墳墓上，位置正在昔日海盜瓦尼拉的胸口。海盜幽靈對於一輛沉重的汽車壓在胸膛上，感到既不適又不快，於是向生前好友吉米船長求助，船長鬼魂受到呼喚，從湖中飄來，將汽車推上山。

順帶一提一個和吉米船長有關的傳說。當地流傳，在北威爾斯湖有種靈異現象：一堆白色的水手帽圍成圓圈並旋轉！當地人相信這是吉米船長的靈魂在湖底奔馳。

這兒還有另一個傳說。很久以前，威爾斯湖上的印第安塞米諾爾部落受到一隻巨大短吻鱷的襲擊，經過一場激烈戰鬥，部落首領庫科維拉克斯酋長和鱷魚雙雙喪生，形成了附近的巨大沼澤低地，酋長被埋葬在其北側。後來一些拓荒者來到山脊，發現馬匹在山腳下前進艱難，因此將此地稱為「幽靈山」。至於這是鱷魚幽靈想復仇，還是酋長在保護土地，就連傳說也沒有答案。

這種似乎違反重力法則的地方不止一處，統稱為重力山或磁山。心理學者認為這只是視覺上的錯覺，因為該處周圍是自然山地景觀，附近沒有建築物，只見到不間斷的樹木和天空，而駕駛者身處的地方，被白線前面的陡峭山丘擋住視線，看不到地平線，因此才會產生錯覺。

CHAPTER 3

37

繃帶人Bandage Man
帶著腐臭味的行走木乃伊

地點：俄勒岡州坎農海灘附近道路及森林

俄勒岡海岸最著名的驚慄故事之一，是一個像木乃伊一樣的繃帶人在高速公路作祟。它可能是一種食屍鬼，以血肉爲食。據說，在坎農海灘失蹤的寵物，往往被發現時遭吃掉一半，居民懷疑是繃帶人的所作所爲。

於高速公路出沒的繃帶人

傳說至少從20世紀50年代就流傳至今，或者可追溯到30年代。一個纏著繃帶、血跡斑斑的人在坎農海灘（Cannon Beach）及附近森林、道路上出沒，四出驚擾受害者。它大多出現在有強烈閃電的夜晚。

繃帶人（Bandage Man）出沒於101號高速公路的一段路段，從26號高速公路交匯處到坎農海灘北入口之間，有時甚至遠至阿奇角。這條古老、黑暗的道路，當地人稱為「繃帶人路」。

場面駭人的目擊個案

一些司機報告稱，一名渾身纏著繃帶的男子跳進車上。其他人見到繃帶男在公路一側行走，或意圖靠近他們的車。雖然繃帶人造形鮮明，十分形象化，似乎擁有實體；但大部分目擊個案比較像鬼故事，譬如它會跳進開篷汽車後座，到達城鎮之前神秘消失。大多數時候，直到嗅到一陣腐臭味，人們才會意識到他的存在。一些人聲稱因繃帶人導致了意外事故和死亡。

以下是一則經典繃帶人遭遇個案。

一對年輕夫婦把車停在著名的約會地點——101號高速公路坎農海灘的一處僻靜路段上。他們在卡車裡親熱，對周圍環境一無所知。不久兩人聽到附近樹林傳來沙沙聲，只以為是風聲。突然一股腐肉的味道籠罩著兩人，有人劇烈敲擊車窗，卡車更搖晃起來。他們往窗外看，赫見一張血跡斑斑的臉貼在玻璃上，一名男子全身纏著繃帶，

正前後搖晃著卡車，還有一個血淋淋的殘肢伸向他們，上面有一個鉤子。場面非常駭人聽聞。

司機趕緊開動汽車沿著高速公路狂奔，繃帶人大喊大叫，並敲打卡車頂部。這對夫婦開了幾英里，繃帶人仍在卡車上敲打。幸而忽然之間，聲音消失了。

卡車沿路急轉彎，差點釀成一場車禍。當夫婦二人終於停下來察看時，繃帶男已經消失於霧夜裡。車開到光線充足的地方，司機爬出卡車，檢查了車尾，發現一塊撕破的繃帶碎片。

繃帶人起源傳說

關於繃帶人的起源，當地流傳一種說法。第二次世界大戰期間，由於勞動力短缺，建築業蓬勃發展，俄勒岡州的鋸木廠產量增加。一場暴雨過後，一名伐木工人滑倒到鋸片上，慘被砍得遍體鱗傷。同事立即叫來救護車，看到傷口嚴重，醫護人員用繃帶把他全身包紮起來。

禍不單行，救護車駛至Cannon Beach的101號高速公路轉彎處，因為路面濕滑導致救護車墜毀（一說是遭遇山體滑坡）。不久後，警方趕到，車上醫護人員已經不省人事，而那名裹著繃帶的伐木工人卻失蹤了。

接下來三天救援人員進行搜查，最後無功而返，行動終結，唯

一的發現是一小片血淋淋的繃帶。沒有男子入院紀錄，許多人認為他傷勢嚴重，估計難逃一劫，屍體被發現是早晚的事。

歷史研究者指出，沒有可靠證據證明繃帶人的存在，他們翻閱20世紀30年代至60年代的報紙，找不到關於一名男子從墜毀的救護車中失蹤的報道。但從報道得知，101號高速公路確是車禍頻生，經常有人意外死亡和受傷，當地傳媒那時將此路段稱為「死亡之路」（Death Row）。

Boy Is Critically Injured As Cars Collide On Highway 101 'Death Row'

Three persons were hospitalized, one with critical injuries, following an automobile accident last night on Highway 101's "Death Row" between Bandon and Coquille.

In Mast Hospital at Myrtle Point was Mrs. Tom Morris of Port Orford, and her two sons; David, 5 and Donald, 6. David was reported in a critical condition.

Treated for minor injuries and

Mrs. Morris skidded on wet pavement about four miles south of Coquille and collided with a pickup truck driven by Sorenson. The Morris vehicle caromed off the truck and down a 25 foot bank.

Law enforcement officials have tagged the treacherous strip between the two cities as "Death Row." Five persons have been kill.

The two lane highway wriggles like a snake between Coquille and Bandon. Police said at the first signs of dampness the road becomes as slick as ice and because of the many turns, skids become the order of the day.

State police were reported to have doubled their patrols along "Death Row" in an attempt to cut

1954年一篇報道將101號高速公路稱為「死亡之路」。

38

童子軍巷傳奇Boy Scout Lane
喪生童軍徘徊不去

地點：威斯康辛州史蒂文斯角

一群童子軍在一次露營旅行中乘坐公共汽車，在這條僻靜的道路上遭遇了黑暗的命運。

童子軍巷
(Cgros841 at English Wikipedia, Public domain, via Wikimedia Commons)

在威斯康辛州史蒂文斯角（Stevens Point）附近的林伍德鎮，有一條不起眼的土路，它已成為威斯康辛州最鬧鬼的道路之一。

儘管這條路的長度相對較短（約2,500英尺），卻有著悠久的恐怖故事和歷史傳說。位於公墓路和小芝加哥路之間，名為童子軍巷。童子軍巷（Boy Scout Lane）因土地而得名，這片土地曾經屬於美國童子軍，原本打算建立一個童子軍營地，但計劃從未實現。

傳說天黑後，人們可以在路邊樹林裡看到搖曳的燈籠光，那彷彿是童子軍幽靈拿著燈籠在尋找什麼似的。也有人見到公路上有幽靈巴士出沒。最恐怖的傳聞是有人見到一整隊童軍鬼魂在附近徘徊。有些人聲稱開車經過該地區後，在車上發現孩子的手印。

慘死的童軍

為什麼鬼故事牽涉童子軍、燈籠光、鬼巴士等元素？原來鬧鬼故事的起源有多個版本：

20世紀50年代或60年代，一群童子軍在一次露營旅行中乘坐公共汽車，不幸在這條僻靜道路上遇到意外，全部喪生。巴士可能失火，也可能是司機不知何故要謀殺這群孩子。

另一版本同樣涉及謀殺，說得卻是童子軍被自己的兇殘隊長謀殺了。

第三個版本是森林火災。一小群童軍模彷偵察兵，夜間冒險離開營地。不幸的是，他們不小心掉落燈籠，引發一場森林大火，奪走了整個隊伍的生命。另一版本說，童軍們意外受困，兩名童子軍試圖尋求幫助，最終在樹林中迷路，最後餓死。

無論哪一版本，均圍繞著童子軍不安的靈魂。據說他們的幽靈仍在森林裡徘徊，居民或遊客偶爾會聽到一種似有還無的腳步聲，同時可見到幽靈般的燈籠光在黑暗裡浮現。

39

橋下的新娘The Bride Under the Bridge
新婚當日的悲劇

地點：密蘇里州菲爾普斯縣公園

密蘇里州有一座橋樑，新郎新娘在婚禮當天絕對不想開車經過。民間傳說，那裡住著一位在結婚前被謀殺的悲慘新娘。

橋下的新娘

密蘇里州斯普林菲爾德附近的菲爾普斯縣公園（Phelps Grove Park），佔地約44英畝。公園曾經是奧塞奇印第安人和基卡普印第安人的部落村莊。這裡風景優美，擁有令人驚嘆的藝術品、池塘、參天大樹和小徑。

公園內橫跨貝內特街（E Bennett），那裡有一道橋，正是人稱的鬧鬼橋。

相傳在深夜裡，人們可看到一個穿著婚紗的孤獨新娘站著，拉起禮服的下擺，但她的臉卻永遠被黑暗籠罩，當揭開面紗時，沒人看得到她的臉。

在橋下，不時有人丟失物品。偶爾你可看到那裡有一束撕裂的花束。

這場悲劇的故事是這樣的：婚禮當天，她與丈夫乘坐馬車（一說是汽車）穿過公園，過橋時馬車翻倒，兩人雙雙墮橋身亡。從此，她被稱為「橋下的新娘」。

另一個版本說，她身穿婚紗經過公園前赴戶外婚禮，途中卻遇到強盜，她嚇壞了，失足從橋上摔下身亡。

據說有兩名靈探調查員在橋下拍攝到影片，片段裡有疑似鬼影在爬行，但畫面照例漆黑晃動難以看清，可謂信不信由你。

40

學校廁所的惡霸和鬼魂
Bullies Butcher Boy in the Bathroom
受欺凌者化爲冤魂

地點：田納西州詹姆斯敦

如果你走進廁所，站在水槽前看著鏡子，從鏡裡你會看到身後有一個男孩。他把你推到鏡子裡……

在那所廢棄的舊校舍，切勿隨便照鏡。

田納西州詹姆斯敦（Jamestown）小鎮位於田納西州東北部的芬特雷斯縣（Fentress County）。這裡隱藏著一個黑暗的秘密，牽涉一所古老的校舍。

傳說，如果你走進校舍的某個廁所，站在水槽前照鏡，你會從鏡裡見到身後有一個男孩。他想報仇，猛烈把你推向鏡子，你就難逃一劫。然後男孩會把你拖到地板下面，從此你便消失於人世間。

為什麼冤魂會在鏡子徘徊不去？話說20世紀初，Pine Haven 的一名學生某天放學，打算先去洗手間，再步行回家。然而，一個素來是學校小霸王的男孩尾隨而至，偷偷溜到男孩身後。

當男孩洗手時，校霸用力將他推向鏡子，不幸的是，小男孩先是頭撞到玻璃，然後在濕滑的地板上失去平衡，頭朝下撞進水槽，慢慢滑落地板上。

男孩子躺在地板上毫無生氣，滿頭是血。惡霸驚慌失措，他不想被抓到，於是用小刀把地板上的木板撬起來，把男孩的屍體塞進洞裡，再把地板蓋起來。

幾天後，當老師開始注意到大廳下面傳來腐肉的氣味時，男孩遺體被發現了。據說，小男孩的鬼魂仍然經常出沒於廢棄的舊校舍。

女鬼魂版本

另一個版本說，一個女孩死在女廁。

貝絲並不受歡迎，她沒有任何朋友。同學總是欺負她，但她從未告訴大人，自己如何受同學折磨。

有一天放學後，她正在浴室的鏡子裡整理頭髮，腳邊地板上放著厚重的精裝課本。一個平素總愛欺負她的女孩走進來，毫無預警地拿起厚重的書，用力敲打貝絲的頭。這一擊竟然打碎了貝絲的頭骨，當她摔倒時，頭撞到水槽上，就此不幸死去。那個惡霸女孩丟下書本，跑出浴室，不敢告訴過任何人發生了什麼事。

當夜間看門人發現貝絲的屍體時，她或許擔憂失去工作，竟拖著貝絲的屍體穿過大廳，把她藏在地下室。人們相信，貝絲的靈魂仍在浴室或地下室某處。

如果有人走進那廁所，站在鏡子前，把課本放在地板上，看著鏡中倒影，說「貝絲，我知道是誰殺了你」，據說貝絲會出現，並拿起你的課本打你。

41

貓人Catman
墓地的看守者

地點：特拉華州蘇塞克斯縣法蘭克福市

貓人並非顧名思義般的人貓混血兒，卻具有類似貓科動物的特徵。他是特拉華州弗蘭克福德墓地的看守人。

貓人

弗蘭克福德墓地位於特拉華州蘇塞克斯縣一條古老土路的盡頭，自 1800 年代以來一直存在。

貓人（Catman）每天在墳墓外監視著墓園。身為墓地的看門人，他非常認真對待自己的工作。他不僅打理墳墓，讓這地方看起來潔淨得令人難以忘懷，還會把不敬墳墓的人趕跑。

例如，一些自以為膽大又不知天高地厚的青少年，晚上四處遊蕩喧嘩，還膽敢跑到墓地喝酒作樂。不過，當看到遠處站著一個黑色的人形幽靈時，自詡大膽的小伙子立即落荒而逃了。

有時，靈探者在墓地玩顯靈板（類似碟仙）或種種招惹靈界的行為，貓人亦會現身驅逐他們……

究竟他是誰，為什麼守護那裡？據說他正埋在弗蘭克福德墓地的中心。還有一個傳說，如果你在墓地後面的磚牆上敲三下，他就會使你的汽車熄火或無法啟動，讓你難以輕易離開。

42

查曼Char Man
火災罹難者作祟

一個燒焦得無法辨認的靈魂，從森林中出現攻擊駕駛者，特別是那些下車在橋上大喊大叫的人。

查曼

位於文圖拉縣（Ventura County）奧海（Ojai）以南的「舒適營地縣立公園」（Camp Comfort County Park），在公園以北的克里克

路上，靠近橫跨聖安東尼奧河的兩車道，有一道混凝土橋。

在橋附近，千萬別胡亂停車。如果你還大喊：「救救我！救救我！」，可能會嗅到一陣令人作嘔的燒焦氣味，然後見到渾身都是黑色燒焦的剝落皮膚，身上只裹著繃帶的鬼魂，憤怒地從森林出現橫衝直撞地攻擊你。當地人稱它爲查曼（Char Man）。

昔日它經常出沒於信號街和謝爾夫路，但隨著這些地區的人口越來越多，此傳說就轉移到人煙稀少的克里克路一帶。

起源故事

1948年文圖拉縣發生一場火災，烈火困著兩父子，兩人都嚴重燒傷，面目全非，父親在救援到來前已不幸死亡，兒子則因災禍而精神錯亂。當救援人員到達時，兒子已剝去父親所有燒焦的肉，並將屍體掛在附近一棵樹上。兒子不肯接受救援，竟逃進了樹林。這是查曼的起源故事之一。

第二個故事裡，一對夫妻陷入了火災。丈夫嚴重燒傷，聽到被困在大火中的妻子一遍又一遍地大喊「救救我」。由於本身已受重傷加上火勢阻礙，他只能躺在原處動彈不得，聽著妻子叫喊，無法趕去幫助她，最終妻子慢慢被火焰吞噬。同樣，這故事的受害者——丈夫，最終變成查曼。

另一個類似的版本，主角是消防員，同樣在火災中喪生，最後

亦化爲查曼。

不過，文圖拉縣歷史博物館聲稱1948年的火災中沒有人員傷亡，令上述故事的真實性打了個折扣。

另一個版本則說，1960年代，有一位老人患有嚴重的皮膚癌。他的臉和手臂已病至毀容變形。爲免被人看見容貌，他經常在深夜帶狗去散步。儘管如此，夜裡街上還是有人，他偶爾給當地人見到，途人受到驚嚇，漸漸地社區開始出現查曼的故事。

鬼，真是好多鬼

而在查曼活躍的克里克路，還流傳著許多許多其他靈異傳聞。

第一個故事是新娘鬼魂。她身材高姚苗條，一把淺棕色的頭髮，面紗遮住了臉，可是一身婚紗卻是血淋淋的。傳聞說，她在婚禮當天被謀殺，兇手竟是新婚丈夫，貪婪的他只是爲了嫁妝而娶新娘。目擊者說見過她伸出大拇指，試圖搭便車。

第二個故事是幽靈女騎士。在每年的死亡紀念日，她都會重演一次死亡過程：話說她生前正在騎馬，馬匹突然被一條撲出的蛇嚇壞，亂蹦亂跳，把她摔在地上致死。

第三個故事是無頭摩托車手。他在孤獨的道路上疾馳。據說，他被一輛卡車逼離道路，慘遭鐵絲網或樹枝割去首級。

第四個故事兩個穿著 19 世紀風格衣服的小孩。他們沿著橋的欄桿行走,最後跳下,墜落到下面河床。如果你跑向欄桿往下望,卻不會見到兩人身影。

第五個故事是一隻沒有實體的孩子般的手(活像《愛登士家庭》及《Wednesday》裡的小手「Thing」),沿著橋的欄桿奔跑。又是那道橋和欄桿。

第六個故事是幽靈校車。傳說在 1930 年代或 1940 年代,一輛校車從橋上掉下來。12 名兒童和巴士司機在事故中喪生。如果你在雨夜參觀這座橋,可以聽到受害者的尖叫聲。

然後還有一隻古老的美洲原住民薩滿的靈魂,它的頭髮上有羽毛。

最後,該地區還隱藏著一具歐洲吸血鬼的骨架,它被釘在一個石棺內,由一隻巨大的黑色幽靈狗看守。

一處地區藏著如此多的傳說,你會興奮地探訪,還是避之則吉?

43

茱莉亞・勒加雷之死
The death of Julia Legare
墳墓不能關上的門

地點：查爾斯頓縣南部埃迪斯托島174 號高速公路2164號

人們一次又一次爲墓穴的門加固，但無論如何嘗試：鏈條、鎖、磚塊、混凝土，門都會自動開著。

沒有門的墳墓

1800年代中期，茱莉亞·勒加雷（Julia Legare）前往埃迪斯托島探親。她在島上生病了並陷入昏迷。家人焦急地等待她醒來，但始終沒有康復跡象。那一天始終沒有到來，數周後，家庭醫生宣佈茱莉亞死亡。

那年頭，當地沒有防腐手段，所以俗例是在屍首開始腐爛之前，盡快把死者埋葬。因此，在茱莉亞被宣佈死亡當天，已安葬在埃迪斯托島長老教會的勒加雷家族陵墓中。當她進入陵墓後，大理石門關閉並牢牢鎖上。

慘遭活埋

15年後，一名家庭成員去世，墳墓重新打開。就在那時，一家人意識到他們犯了多麼悲慘的錯誤。

本應被埋葬的茱莉亞遺體，竟然皺巴巴地躺在陵墓的門腳下。換言之，當日下葬時她並未死去，而是被活埋！後來從昏迷中醒來，意圖從陵墓離開，可恨那厚重的大理石門阻擋，結果活活困死在墓裡。

那年頭的醫學水準低，估計當日昏迷的茱莉亞，因為呼吸和心率降到極低水平，家庭醫生無法檢測到，因此宣佈死亡。

一家人得知15年前犯下大錯，但恨錯難返，唯有再度安葬女孩的遺體。儀式完結後，門再次牢牢地關上。

關不上的門

家人對陵墓中的可怕發現感到心碎，經常去墳墓致祭，但每次都驚訝地發現門是開著的。最初他們以為上次關門不當，把門再次關好後便離去。

但一次又一次地，門總是保持開啟。無論他們如何嘗試加固，用鏈條、鎖、磚塊、混凝土，都無濟於事，鐵鍊會斷裂，鎖也離奇破爛。每次再到墳墓，門都是開著的。其後幾十年來，這種情況一再發生。

人們相信，茱莉亞的亡靈一定對那扇門特別生氣。從此，勒加雷家族中人，全都放棄了關門的嘗試。

時至近幾十年前，後人安裝了一扇只能用工業重型機械才能拆除的門，而且那扇門也是打開的。

人們認為茱莉亞的靈魂可以安息了。但仍有人相信，茱莉亞會一直守陵墓，確保那道該死的門永不再被關上。

44

鹿島幽靈與火水幽靈
Ghost of Deer Island & Firewater Ghost
船長敘述的親身經歷

地點：密西西比州鹿島

密西西比州兩個古老的鬼故事都涉及鹿島。這些傳說已有百年歷史。

多年來，好些漁民聲稱接觸過一具無頭骷髏，他們稱爲「鹿島幽靈」，多數人的經歷相仿，都是聽到灌木叢中有東西嘎嘎作響和搖晃，然後被無頭骷髏追趕。

鹿島上的無頭骷髏

鹿島是距離密西西比海岸最近的島嶼，古代美洲印地安人來這裡打獵、採集和捕魚。

在比洛克西居住了78年的老尤金・蒂布利爾船長，講述兩個漁民在島上 過夜時的恐怖經歷。

無頭骷髏

1800年代（有些資料明記載為1892年）某個時候，兩名漁夫偶然來到了這個島上，決定探索及過夜。他們在生火時聽到灌木叢中傳來沙沙和搖晃的聲音。他們以為噪音由野豬引起，但聲音沒有減退，他們就過去查看，驚見一具無頭骷髏直立在棕櫚樹中間！無頭骷髏一路追趕他們，直至二人回到小船，僥倖逃脫 。

兩個漁民向蒂卜利船長講述了此段恐怖經歷。幾年後，蒂卜利船長和兄弟路易斯決定前往探險。他們划著小船前往鹿島，打算過夜。同樣的情形發生在他們身上：先是聽到棕櫚樹叢的搖晃和嘎嘎聲，然後一具無頭骷髏追趕二人，他們逃回船上便匆匆離開島嶼。

那麼無頭骷髏到底是誰呢？根據作家兼歷史學家 AG Ragusin 於1922年為《太陽先驅報》撰寫的「古代鹿島出沒的無頭鬼魂」，這鬼魂是某個海盜團的一員，他們在鹿島埋藏了寶藏。寶藏埋好後，船長要求志願者留下來看守，一名船員自願加入，但沒料到船長竟砍下他的頭，以他的鬼魂來守護財寶。據說，這頭無頭骷髏一直在夜間

徘徊，焦躁不安地尋找失落的頭顱。

火水幽靈

在鹿島的比洛克西灣，還有另一個古老傳說——「火水幽靈」，
那是一種超自然的神秘藍光，早在電燈發明之前已在比洛克西灣的
水域上浮現。傳說這種神秘光芒經常穿過比洛克西和海泉市之間的
海灣。

蒂卜利船長說，他和弟弟路易斯在1892年左右看到了火水幽
靈。他將其描述為藍色，在水面上方約一英尺處移動。兄弟倆暫停
划船，看著火水幽靈穿過海灣，消失在海泉附近。當地傳說火水幽
靈是手持燈籠在海灣巡邏的幽靈哨兵。

45

幽靈單簧管演奏家
The Ghost of a clarinetist
音樂室的神秘樂聲

地點：內布拉斯加州瓦倫丁百年紀念堂

儘管樂器早就搬走了，但音樂室依然傳出單簧管音樂。

女孩在音樂室被害。

內布拉斯加州瓦倫丁(Valentine)是南達科他州邊境的小鎮，人口只有幾千人。它擁有一所百年紀念堂(Centennial Hall)，它原是內布拉斯加州最古老的學校，建於 1897 年。

根據當地傳說，1944年(一說是1947年)，一名年輕女學生在百年紀念堂被謀殺。女孩與朋友不知有何深仇大恨，「朋友」竟在女孩的單簧管簧片處下毒。她進入音樂室練習，把單簧管放進嘴裡吹奏，中了蘆葦毒，因而去世。

不久之後，鬧鬼現象開始了，老師們看到一個小女孩幽靈，感到非常恐懼或不安。後來，這棟建築改建為博物館，所有樂器都從音樂室移走了。

然而，偶爾仍有遊客和工作人員表示聽到音樂室傳來單簧管之聲(儘管樂器早已清空)。室內有一把搖椅，也在沒有人的情況下自行搖晃。

你有興趣前往探訪幽靈奏家嗎？

46

爵先生幽靈The ghost of Mr Che
不要嘲笑別人的姓名

地點：特拉華州肯特縣多佛市

山姆‧爵（Samuel Chew）擁有一個奇怪的姓氏。他是1700年代特拉華州的首席法官。他每天都因爲自己的姓名而受到嘲弄。有時他走在街頭，也會有人模仿打噴嚏或假裝咀嚼食物。

鎮民著一場特別的葬禮來平息爵先生的怒火（示意圖，非Samuel Chew人像畫）

「啊，嚼(chew)」，那些無聊傢伙裝出咀嚼的樣子。

山姆的姓氏「chew」在英語的意思是「咀嚼」，發音也近似打噴嚏，因此山姆時常遭人嘲笑。

山姆是特拉華州最高法院首席法官，妻子是瑪麗‧帕卡‧加洛韋（Mary Paca Galloway），兒子本傑明‧爵（Benjamin Chew）後來成爲賓夕法尼亞州首席大法官。

1738年，他搬到特拉華州肯特縣，興建了一座名爲白廳(Whitehall)的莊園。賓州州長約翰‧佩恩（John Penn）於1741年任命他爲特拉華州首席大法官。

1744年，爵先生去世。他死後，那些經常嘲笑他的人仍然口不擇言，其他人則看不出嘲笑一個死人有什麼意義。

亡靈出沒

爵先生一死，他的亡靈開始在這個地方出沒。

農夫大衛‧亨德里克斯（David Hendricks）是第一個看到爵先生幽靈的人。

某一晚，農民們在田裡幹完活，正在前往酒館的路上。身穿黑色長袍的爵先生出現在夜色之中，他的假髮在月光下閃閃發亮。大

衛又冷又害怕，開始打噴嚏，他未必是故意的，但爵先生鬼魂可不喜歡這樣，開始追趕大衛起來。

大衛拚了命跑回家，向妻子講述了剛剛的可怕經歷。第二天早上，他的妻子把事情告訴了鄰居，不久後這個消息傳遍全鎮，更多人目睹過爵先生。據說，鬼魂會拉扯男性的燕尾服，以及讓女性脊背發涼。

一年後，磨坊主彼得‧德龍戈格爾(Peter Droongoggle)回家途中，忽然狂風大作，下起雨水和冰雹。風把他的燈籠吹到了地上。他伸手去撿，站起來時，爵先生的鬼魂就在面前。彼得曾經嘲笑過法官，他臉色一白，丟下燈籠就跑。

那段日子，天黑後，鎮上每個人都留在室內，孩子們不准到外面玩耍，酒館門堪羅雀。居民召開了一次鎮會議來討論如何處理鬼魂。他們決定舉行一場特別的葬禮。

一位居民范龍女士提出：「我聽說在英國，一隻遊蕩的鬼魂可以通過給一場好的葬禮來使它安息。」她解釋，儀式上可埋葬一副空棺材。鎮上的人都同意了。

多佛市民在爵先生時常出現的樹下埋了一副空棺材。究竟這樣做能否平息爵先生的靈魂？很難說得清，但至少，沒有人再敢胡亂嘲笑他的名字了。

47

屠宰場峽谷的幽靈
The Ghosts of Slaughterhouse Canyon
淘金熱帶來的人間悲劇

地點：亞利桑那州盧阿納峽谷

在月圓、空氣壓抑的夜晚，午夜後的沙漠峽谷，一陣詭異的聲音在峽谷壁上迴響。那是幼兒的哭聲和婦女驚慌失措的尖叫聲……

屠宰場峽谷

盧安娜峽谷位於在亞利桑那州金曼東南部，距離亞利桑那州金曼僅12分鐘車程，它有一個不祥的別名，叫屠宰場峽谷。

1882年，亞利桑那州金曼鎮正式成立；它既是軍營，也是美洲原住民的保留地。不久後有一條鐵路線貫通亞利桑那州金曼鎮，令周邊地區的礦工紛紛來到新定居點紮根，盤算在西北山區開採黃金。第一批白人定居者把該處命名為盧安娜峽谷，那是以附近一個貧困家庭的女主人名字來命名的。

淘金悲劇

1858年左右，淘金熱始於亞利桑那州，但黃金產量有限，當探礦者意識到在亞利桑那州找到金礦的機會很少時，他們轉而尋找更常見的銅礦和銀礦。

盧安娜（Luana）一家住在蜿蜒穿過峽谷的河床上一間小棚屋裡，住在沙漠中生活十分艱難。盧安娜的丈夫是礦工，亦是一個夢想家，他渴望為妻子和孩子們提供更好的生活。他經常冒險進山，在金礦埋首發掘。他們缺乏固定收入，一家人的食物、物資等生計，完全仰賴於丈夫從定期探險中帶回來的食物。每兩週離家一次，礦工會騎騾子前往西北山脈。

一天，礦工與妻兒吻別後，就踏上路途。不幸的是，這是全家人最後一次見面。日子一天天過去，盧安娜憂心忡忡，擔心丈夫出

了什麼事。隨著物資的減少，她擔心丈夫生病、被搶劫、發生事故，或者更糟的是，被野生動物殺死。

沒有人知道礦工後來怎麼樣了，他似乎成爲淘金熱中芸芸悲慘受害者之一。

當食物和物資開始短缺，盧安娜一家人就要挨餓。獨自在峽谷生活意味著一家人沒有任何其他生計來源，孩子們捱餓，痛苦地哭泣。每一天過去，盧安娜離瘋狂的邊緣越來越近，直到有一天，她再也無法忍受孩子們受苦，她失去了理智，精神崩潰了。

一天晚上，雷雨交加，她穿上婚紗，殺掉孩子以結束他們的痛苦。她將孩子們砍成了幾塊，抱起屍塊，一塊一塊地帶到河邊扔進去。在河邊，她癱倒在地，婚紗沾滿了孩子的血。盧安娜感到悲傷和內疚。她留在河岸上，心裡充滿了悲傷和愧疚，不住地哭泣和尖叫，直到第二天早上她自己也餓死了。

小木屋的牆壁上都濺滿了孩子的血，當地人將小棚屋稱爲「屠宰場」。

當地人說，在高中時流行與朋輩駕車到峽谷裡舊屠宰場廢墟旁，他們搖下車窗，靜靜地坐著。午夜過後，他們開始聽到周圍傳來哀嚎聲，嚇得趕忙離開峽谷。有一些靈探者報告說，當他們沿著

通往峽谷的道路行駛時，看到一個穿著白色連身裙和深色面紗的怪異女人沿著路邊行走。等回頭再去找她時，女人卻神祕失蹤了。

據說，在漆黑寧謐的夜晚，母親痛苦的尖叫聲、被屠殺孩子的哭聲，依然在整個峽谷中清晰可聞。

48

鬧鬼的胡薩克隧道
The Haunted Hoosac Tunnel
大型工程意外的冤靈

地點：馬薩諸塞州西部伯克希爾山脈與胡薩克山脈

昔日年代，但凡大型公程，經常發生意外。胡薩克隧道直到今天，可怕的故事仍然流傳：低沉的聲音、奇怪的光球和幻影。但請勿太好奇去研究，因爲這是一條正在運作的火車隧道。

胡薩克隧道

胡薩克隧道是一條穿過馬薩諸塞州西部伯克希爾山脈及胡薩克山脈的通道，意思為「岩石之地」。但它的另一綽號可能更為知名——「血腥坑」。

1872年6月，克利福德·J·歐文斯(Clifford J. Owens)博士進入胡薩克隧道，為隧道中迴盪的痛苦和嚎叫聲尋找合理解釋。他不相信鬼故事，直到他和一名現場管理員看到一個無頭幽靈⋯⋯

意外與離奇死亡

挖掘大隧道本來是危險工程，尤其在19世紀中葉，那年頭技術含量低、條件不安全，工程環境又充滿有毒、揮發性、易燃氣體。1865年3月20日，三名工作人員嘗試使用當時的新型揮發性化合物——硝化甘油，他們安裝好炸藥，準備前往安全掩體後就進行爆破。可是，林戈·凱利(Ringo Kelley)過早引爆，把兩名同伴內德·布林克曼(Ned Brinkman)和比利·納什(Billy Nash)壓在了無數噸岩石之下。

林戈·凱利不久後便失蹤了。意外發生10天後，工人們在隧道兩英里深處發現了林戈的屍體，那正是他的搭檔們死亡的地方。林戈是被勒死的。副警長查爾斯·E·吉布森(Charles E. Gibson)負責調查，確定林戈的死亡時間為當天的午夜至凌晨3點之間，但沒有找到任何線索，也推斷不到嫌疑犯，案件不了了之。

不過，隧道工人堅信林戈是因拍檔鬼魂復仇而死。工人們報稱

聽到隧道內傳來一個男人痛苦的呼喊聲，他們在天黑後拒絕進入隧道，令工程進度受阻。

1868年9月，一位名叫保羅‧特拉弗斯(Paul Travers)的前騎兵軍官兼機械工程師和鄧恩著手調查。他們皆在隧道中聽到男人呻吟的聲音，正如工人所描述。

一個月後，隧道又奪走了13條人命，這是整個工程中最嚴重的災難。瓦斯爆炸摧毀了一個地面泵站，中心井內充滿了碎片。泵站關閉後，538英尺高的豎井充滿了水，並帶來了一些屍體。一年多後，所有罹難者的屍體才被發現——其中一些屍體位於一個臨時搭建的木筏上，該木筏是為了防止人們因上漲的水遇溺而建造的。

魂出鬼沒

接下來的日子，工人們紛紛報告看到死者鬼魂的經歷。在山頂上、在隧道裡，他們見到昔日的伙伴在拿著工具。所有屍體找到並埋葬後，目擊事件似乎停止了，但黑暗隧道裡的呻吟聲持續不斷，工人們報告說，被淹沒的豎井附近傳來低沉哭聲、不知何人的呼救聲，令他們感到十分恐懼。

爆炸發生四年後，當局找來一位擁有博士學位的人調查。晚上11點30分，克利福德‧歐文斯(Clifford Owens)博士和同伴詹姆斯‧麥金斯特(James McKinstrey)進入隧道。歐文斯博士後來寫下進入隧道的經歷：

「當我們終於停下來休息時，我們已經進入豎井大約兩英里了。除了我們的燈投射出昏暗的煙霧，這個地方就像墳墓一樣寒冷和黑暗。詹姆斯和我站在那裡聊了一兩分鐘，正要轉身時，突然我聽到了一種奇怪的悲傷聲音。就好像某人或某物正在承受巨大痛苦。接下來我看到一道微弱的光從西邊方向沿著隧道射過來。起初我以為可能是提著燈籠的工人。然而，隨著光線越來越近，它呈現出一種奇怪的藍色，並且似乎改變了形狀，幾乎變成一個沒有頭的人形。光線似乎漂浮在隧道地面上方一兩英尺處。下一瞬間，我感覺到氣溫驟然下降，一股冰冷的寒意從脊背上竄上來。無頭的身影離我如此之近，我幾乎可以伸手去觸碰它，但我太害怕了，不敢動彈。

麥金斯特里和我就站在那兒，目瞪口呆地看著這個無頭的東西，就像兩個木頭印第安人一樣，似乎有永恆的時間。藍色的光芒一動不動了幾秒鐘，彷彿真的在俯視我們，然後飄向豎井的東端，消失在稀薄的空氣中。」

歐文斯博士強調自己是不迷信的現實主義者，不傾向於無法合理解釋的瘋狂故事。然而，他承認，不能否認同伴和自己親眼所見的一切。

49

拉尼爾湖的鬼魂
The Haunting of Lake Lanier
因強遷而不得安息的亡魂

地點：喬治亞州北部山區拉尼爾湖

傳說拉尼爾湖鬧鬼。有人見到女鬼穿著飄逸的藍色裙子在湖裡遊蕩、有人聽到沉沒了教堂的鐘聲。這個人工湖的種種怪異現象，與其歷史背景關係密切。

一條詭異的手臂從水裡伸出來

拉尼爾湖靈異傳聞眾多，但最「湖中女士」是最著名的鬼故事之一。傳說有一隻穿著藍色連身裙的女鬼，夜間在橋上徘徊，焦躁不安；而一條詭異的手臂則從水裡伸出來等候游泳者，憤怒的靈魂想把人帶到水下的墳墓。

這故事涉及一場車禍。1958年，迪莉婭‧梅‧帕克‧楊（Delia May Parker Young）和蘇西‧羅伯茨（Susie Roberts）從舞會上離開。他們的車子從橋上翻下，墜入湖中。第二年，一名漁夫在橋附近發現一具漂浮的屍骸，但屍體已腐爛得無法辨認。直到30多年後的1990年，官員們才發現了一輛20世紀50年代的福特轎車，車裡有羅伯茨的遺骸，卻沒有一同遭逢意外的朋友，藉此推斷1959年發現的屍體大有機會就是梅。

當地人不需要法醫分析就心中有數，因為他們親眼看到梅穿著那天晚上從羅伯茨借來的藍色裙子，在橋附近徘徊。

幾十年來，這則故事和其他詭異傳說，一直困擾著拉尼爾湖附近的居民。

這人工湖建於1956年，用於防洪、飲用水和水力發電，覆蓋喬治亞州北部的五個縣，它因應20世紀50年代洪水氾濫而興建的。

這片土地未被湖水淹沒時，鬱鬱蔥蔥、生機勃勃。在水壩和湖

泊建成之前，有700多戶家庭居住於此，附近擁有農場、森林、住宅、教堂、磨坊、企業和墓地。其後，美國陸軍工程兵團希望建造一個湖泊，爲亞特蘭大和周邊縣提供電力和水。爲了興建人工湖，美國政府強迫居民離開他們家族世代擁有的土地。

政府想向當地人收購農地。但大部分農地屬家族世代相傳，收購並不順利。起初，政府向土地所有者保證，他們得到的報酬是土地和建築物的眞實價值，但居民們認爲幾代人的記憶、深厚根基無法定價，談論搬遷時伴隨著諸如憤怒、怨恨、恐懼、焦慮、困惑和憂慮的情緒。對他們來說，土地是無價的。

被淹沒的墓地

最終，大約700個家庭向政府出售了總計56,000英畝的土地，在查塔胡奇河上建造水壩，形成了拉尼爾湖。1956年，當水淹沒土地時，當地人堵塞著道路和橋樑，眼睜睜地看著世代相傳的土地在眼前消失。

爲了讓土地做好注水準備，陸軍工程兵團拆除一切他們認爲危險的東西：把樹連根拔起，把可能漂浮並危及船隻的穀倉和木結構移除。陸軍工程兵團重新安置了大部分建築。

可是，河谷社區內有一個墓地。雖然部分有標記的墳墓已被搬遷，但歷史悠久的土地，往往有數之不盡欠缺標識的無主墳墓。數

十年前，通過地下掃描識別無標記墓地的技術有限，所以應該有大量墓葬被迫放棄，最後給湖水吞沒了。當地人相信，這就是拉尼爾湖受詛咒的原因。

自1994年以來，已經超有200多人在拉尼爾湖游泳和划船事故中喪生。新魂舊鬼加在一起，難怪該湖各種傳說不絕於耳。

50

「敲敲門」路的傳奇KNOCK-KNOCKROAD
她想找到那粗心的司機

地點：密西根州底特律東北斯特拉斯堡路（Strasburg Road）

一個邋遢的小女孩站在路邊，用深邃的黑眼睛盯著你，然後車窗上出現敲擊聲。

小女孩用深邃的黑眼睛盯著你

如果司機在路上不小心撞死了人而沒有被捕，受害者靈魂會尋求報仇嗎？

這是密西根州「最令人毛骨悚然」的傳說，發生在斯特拉斯堡路（Strasburg Road）位於8 英里路（8 Mile Road）和東麥克尼科爾斯路（East McNichols Road）之間，穿過普拉斯基（Pulaski）、奧斯本（Osborn）和馮斯託本（Von Steuben）等郊區社區。

這則「敲敲門」都市傳說講述，午夜過後，一個小女孩獨自站在路邊，司機老遠見到，初時也不以為意，接著聽到側窗上有敲擊聲，剛才那小女孩不知怎的忽然閃現在車側，她專注地望著司機，好像想認出他的身份。片刻後，她離開了，消失在夜色中。

這個傳說始於1940年代，相傳一個小女孩被粗心的司機撞死（有人說她在街上騎自行車，有人說她從學校步行回家），因此，亡魂跟蹤司機沿著那條路走，一直希望找到殺死她的司機。

另一個版本說，一輛滿載青少年的汽車出去兜風，不慎撞上了電線桿，車子燒起來了，但他們敲擊車窗的求救聲，附近一帶的居民都聽不到。車上青少年全部不幸喪生。

如果你沿著底特律的斯特拉斯堡路行駛，可能也會遇到「敲敲門」情況。

51

十字路口幽靈拉瑪拉霍拉La Mala Hora
從痛苦中誕生的冤靈

地點：新墨西哥州

拉瑪拉霍拉一種夜間出沒於十字路口的惡靈，獵殺獨自上路的人。如果你看到它，將永遠陷入瘋狂。

拉瑪拉霍拉

在美國南部邊境的新墨西哥州，廣闊的星空下、荒涼的道路中，流傳一個與山丘一樣古老的故事。

拉瑪拉霍拉(La Mala Hora)是一種夜間出沒於十字路口的惡靈。她通常表現為一位美麗的長髮女子，穿著白衣，在夜晚沿著路邊行走。遇到她的男人總受其美貌引誘，失神地跟著她走，完全不知自己要到何方，據說她帶領人越過峽谷的邊緣。少數幸運兒講述清醒的原因，他們發現美女是漂浮的，從而醒悟起來。

有些聲稱見過拉瑪拉霍拉的人，卻將其描述為變形的幽靈，她有時顯現為一個哭泣的女人；有時擁有惡魔般的扭曲臉孔，眼睛泛著紅光，牙齒又短又尖。有時顯現為黑暗、無形的影子；甚至像一大束不斷膨脹和收縮的羊毛，又或一團糾纏的荊棘，擋住著旅行者的道路。它很少以人類形態出現，但當以女子的形象出現時，就會帶來災難或死亡。

根據傳說，拉瑪拉霍拉曾經是一位美麗而熱情的女人，她有著如夜色般的黑髮和像星星一樣閃亮的眼睛。她住在一個小村莊裡，不幸為情人所背叛，還被社群排斥。女人的悲傷和憤怒吞噬了理智，無法找回平靜。即將死亡那一刻，她從痛苦中誕生了詛咒，將她變成了拉瑪拉霍拉。

據說，如果在路上看到拉瑪拉霍拉穿著黑色衣服，則需加倍小心，因為身著黑衣的她更加兇猛、更具攻擊性。

傳說又稱，只有當有人即將死去時，拉瑪拉霍拉才會出現在十字路口。如果此說爲眞，那些倖存者見到的，則未必是拉瑪拉霍拉的冤靈，可能是其他邪靈怪物也說不定。

52

狗男孩傳說The Legend of Dog Boy
一個虐待動物及父母的惡靈

地點：克利本縣小石城

小石城的居民相信，奎特曼市中心一棟維多利亞時代的房屋經常鬧鬼，其中包括一家不安的靈魂，以及第一次世界大戰的士兵。

作祟的「狗男孩」

奎特曼(Quitman)小鎮裡有這麼多不安的靈魂，與該地區的過去有關。內戰期間，那裡是男人參軍的熱門地方。其中桑樹街65號房子，據說很難找到買家，因爲它出名鬧鬼。

有一次，潛在買家屋內躺椅「自己翻轉回來，就像有人坐在那裡一樣」，還有一位潛在客戶帶著狗去看房子，但狗隻在門外顯得極爲不安，拒絕進入屋裡。走進屋裡的人會經歷「冷風」從脖子上吹過的感覺，或聽到砰的一聲彷似有人踩過地板，但什麼也看不見。

一名叫蒙納林(Ed Munnerlyn)的人聲稱看到屋內鬼魂。「它長著棕色的長毛，令人毛骨悚然的眼睛，還有巨大的手臂和手。它走到我面前，瞪著我。我看到他後，他就穿過大廳就消失了。」

虐待父母的毒販

較早期時，住在這房子的是本傑明‧傑克遜一家。他們的兒子約瑟夫出生於1898年，在第一次世界大戰中服役，去世時大約21歲。相傳傑克森的靈魂一直留在房子裡。

20世紀50年代初，弗洛伊德‧貝蒂斯(Floyd Bettis)和艾琳‧貝蒂斯(Alline Bettis)搬進了桑樹街65號房子。他們於1954年誕下傑拉爾德‧弗洛伊德‧貝蒂斯(Gerald Floyd Bettis)。

傑拉爾德從小是個頑童，惡毒而殘忍，惡行包括抓捕流浪動物並加以折磨。這給他帶來了「狗男孩」的綽號。

傑拉爾德成年後身高 6 英尺 4 英寸，體重接近 300 磅，比年邁的父母還要高。據說他把父母囚禁在樓上，雖然會給他們餵食，但只有傑拉爾德認為「他們該吃飯」的時候，父母才有飯吃。

有報道稱，他在青少年時期便已毆打父親。佛洛伊德於 1981 年在家中因病去世。傳聞說他被劣兒推下樓梯，因頸部骨折而死亡。

20 世紀 80 年代初，艾琳摔倒弄傷臀部，需要去醫院。一名退休護士目睹傑拉爾德虐待母親的過程。「他扇了她一巴掌，說『如果你告訴任何人我做了什麼，我就會抓住你。』」事件發生後不久，艾琳被安排接受成人保護服務，並永久離開家。

不久之後，傑拉爾德在房子後面建造了一個日光浴室，並出售他種植的大麻。當局根據他販毒及虐待母親的證詞逮捕了他。傑拉爾德於 20 世紀 80 年代末入獄，並於 1988 年 5 月因吸毒過量而死亡，享年 34 歲。

屋內超自然現象

他去世後，房子賣給了來自摩根的卡車司機托尼・韋弗。韋弗和妻子這房子裡住了幾年，經歷過不少超自然現象。

韋弗太太每天上夜班之前都會關掉所有的燈，但當她回家時，發現燈是開著的。起初她以為有人偷闖入屋，但隨後接二連三的超自然現象，使她感到事不尋常。有一次，她看見硬幣從樓梯間飄下

來，然後硬幣一下子掉她面前的地板上。

托尼·韋弗也經歷過一些令人費解的事件。有一天他正在修房子，看到一個男人透過門廳往客廳看。他戴著頭盔，看起來很真實，像第一次世界大戰的士兵。當他走進客廳時，韋弗追了上去，但客廳卻空無一人。

這種事情發生6個月後，韋弗太太表示非常害怕，不想再住在那裡。其後韋弗出售這棟房子，但一直乏人問津。

53

第三橋的幽靈
The Legend Of The Third Bridge
一場大屠殺留下的靈異故事

地點：科羅拉多州的第三橋

如果在晚上參觀這座橋，不妨聆聽遠處的鼓聲、孩子的哭聲；睜大眼睛看看有沒有女孩的鬼魂、騎馬的幽靈騎士。

科羅拉多州的第三橋(Google/Bee s.)

科羅拉多州鄉村縣線公路沿線，東部平原小鎮貝內特附近，有一座橫跨乾涸的基奧瓦溪的「第三橋」。橋上佈滿塗鴉和奇怪的訊息。

這座橋建於 20 世紀 70 年代，位於原橋遺址以西幾碼處，原橋的木質地基仍擱置在小溪兩側。現代大橋上發生的超自然現象比較晚近，可以追溯到 1990 年代中期。

多年來，當地民間傳說「第三橋」（鬼橋）一直被美洲原住民的靈魂所困擾。

沙溪大屠殺

話說在科羅拉多州／堪薩斯州邊境，內森·洪蓋特（Nathan Hungate）槍殺了一名偷馬的阿拉帕霍印第安人。一天，他離開在馮沃默牧場（Von Wormer Ranch）的家，留下妻子艾倫和兩個女兒，與牧場工人一起尋找流浪牛。過了一會兒，兩人注意到家中方向冒出濃煙。

內森衝回牧場，另一人則跑去尋求幫助。內森的妻子和孩子死在離家幾英尺的水井附近，估計是印第安人報復。印第安人隨後追擊內森，並在距離著火的牧場一英里外殺死他。一家四口遭剝去頭皮及肢解。

埃文斯州長利用此事推動他針對邊境平原印第安人的戰爭計劃。1864 年 11 月 29 日，約翰·奇文頓上校率領科羅拉多領地民兵

成員襲擊了沙溪沿岸一群印第安人。被殺的主要是婦女、兒童和老人，因為男人們外出打獵，更諷刺的是部分印第安人正與白人簽訂和平協議。

印地安人於大約同一時間在沙溪遭到殲滅，史稱「沙溪大屠殺」。但有研究者認為，沙溪大屠殺雖然確實存在，但發生地點並不靠近第三橋，反而較接近「第二座橋樑」；而日後鬧鬼的第三橋則位於大屠殺的西北方近175英里處。為何有此情況，不得而知。

另一宗意外

不過，第三橋也發生過另一場悲劇，兩名青少年在橋附近因撞車而喪生。

那是一個夏天的傍晚，兩輛車載著15名年齡在11至17歲之間的青少年，他們決定前往傳說中的「鬼橋」，計劃度過一個恐怖的夜晚。當時接近晚上11點，兩輛車以70英里/小時的速度沿著土路行駛，當第一輛車駛上橋西的一座大山時，16歲的傑西卡・赫恩（Jessica Hern）發現車子失控，轉向橋左側，滑行了近80英尺，然後撞上了護欄。

隨後，汽車從護欄上滑下47英尺，護欄刺穿了擋風玻璃，然後從15英尺高處落入下面乾涸的河床上。一名14歲少年在撞擊中死亡，翌日另一名12歲兒童亦傷重不治。司機傑西卡・赫恩（Jessica Hern）從車上摔下來，受傷癱瘓。車上另外3名乘客均受重傷。至於

第二輛車因試圖避開第一輛車，飛出了道路，撞上了橋邊的樹林。

　　這件算得上是因為「靈探」而發生的慘劇。事件令第三橋又添上一則鬧鬼的背景，可以說，「鬼橋」之邪門詭異，可謂名不虛傳。

54

莫傑斯卡夫人的鬼魂Madame Modjeska
熱愛戲劇的幽靈

地點：密西根州霍頓以北卡魯梅特劇院

卡魯梅特劇院鬧鬼的故事可以追溯到50年前。多年來，許多演員均表示曾經看到莫傑斯卡夫人在劇院裡⋯⋯

海倫娜・莫傑斯卡夫人
（Madame Helena Modjeska）（By Napoleon Sarony - Isabella Stewart Gardner Museum, Public Domain）

卡魯梅特劇院位於密西根州（Calumet），位於霍頓以北。幾十年來，劇院一直流傳有超自然現象的傳聞。講述這些靈異經歷的包括技術總監、音響公司技術人員、戲劇社老師、清潔工、執行董事等等。

怪異現象之多樣化也令人咋舌：有冷風不時人們周圍盤旋、有來自不同位置無法解釋的音樂、找不到來源的口哨聲、在牆內演奏的音樂、鎖著的門把嘎嘎作響，還有門把被反鎖，人們開鎖進去後，裡頭卻空無一人。

許多導演和清潔工均表示見過一個幽靈身影。而這幽靈，他們相信是莫傑斯卡夫人。

莫傑斯卡夫人與劇院的淵源

波蘭女演員海倫娜・莫傑斯卡夫人（Madame Helena Modjeska），從 1880 年代到 1905 年，在美國被譽為當時最傑出的莎士比亞女演員。她在卡魯梅特劇院的演出計有： 1900 年的《馬克白》、1902 年的《亨利八世》和 1905 年的《瑪麗・斯圖亞特》。

卽是說，劇院成立的第一個十年裡，莫傑斯卡夫人曾在這裡演出過三次。1909 年 4 月，她因病去世，死在加州。

莫傑斯卡夫人的鬼魂於1958年首次出現在卡魯梅特劇院。當時，女演員阿迪斯・萊恩（Addyse Lane）正演出《馴悍記》在第五幕第二場

的獨白，她忘記了一句台詞，開始結巴。這時候，陽台上一道明亮的光向她射來，萊恩看到莫傑斯卡夫人用口型說出了台詞，她明白對方正在提醒自己。演出結束後，萊恩發誓莫傑斯卡夫人剛才顯現，幫助她從錯誤中恢復過來。

從那時起，卡魯梅特劇院就不斷發生奇怪且無法解釋的事件，許多人聲稱看到了莫傑斯卡夫人的靈魂。

55

夜行者Night Marchers
古代戰士亡魂的巡遊

地點：夏威夷

夏威夷傳說稱，誰人看一眼夜行者，就意味著生命的終結。普通人絕對不被允許直望他們，永遠不要有目光接觸，違反禁忌的後果就是死亡。

夜間巡行者

夏威夷語的Huaka'i pō，解作白狼，有致命幽靈的意思。除此以外，Oi'o、Na huaka'io ka Pō、Night Marchers、Spirit Ranks……它們有不同的名稱，但每個名稱都指同一樣東西——幽靈隊伍「夜行者」。

夜行者是負責保護夏威夷酋長的古代戰士之靈魂，儘管傳教士和不同文化的湧入，這種文化仍在口頭故事在中得以留存。

據說在滿月之夜，曾有人目擊一群身材高大、肌肉發達的戰士，他們皮膚黝黑，看起來很美麗。戰士們以神為領袖，在火炬手的帶領下行進。

他們在日落後從山坡上行進。遊行隊伍通常伴隨著海螺聲、有節奏的鼓聲和聖歌。當你來到夏威夷，聽到海螺和鼻笛的音樂、踩腳的聲音、遠處的鼓聲越來越近，又聞到硫磺氣味，見到一片霧氣穿過大地、一排火炬沿著小路行進，甚至感覺到大地震動，伴隨著狂風、閃電和雷聲，那代表他們即將來到了。

據說夜行者會在特定地點，隨著鼓聲節奏有目的地漫遊。有人說他們是武裝的靈魂戰士，穿著頭盔和斗篷，攜帶古老的武器，正往返戰鬥途中。也許這些靈魂正要奪回自己的領土，或為自己的死亡報仇。有人說夜行者正在尋找進入下一個世界的入口。

強大的幽靈軍隊

　　另一種說法是，神話中凱恩、庫和洛諾是三大神。凱恩是其中最偉大的創造之神。他的居所位於最高點，是他創造了世界、森林和河流，他會在人死後將靈魂帶到綠色牧場。而 Huaka'i pō 是他的使者。夜行者不是一支永恆的軍隊。那些曾經存在過、戰鬥過而死去的人，現在負責保護凱恩的家。每年滿月後的第二十七晚，Huaka'i pō 就會升起並開始前往特定地點。

　　如果你擋了他們的路，你應該趕快走開；如果來不及跑開，必須臉朝下趴在地上，閉上眼睛假裝死亡，至少讓夜行者相信你瘋了，由此心生憐憫，放你一馬。當地民族更會念誦自己的血統，祈禱有祖先在夜行隊伍裡為他講好話。如果隊伍中沒有人願意宣稱「Na'u」，那麼那人的生命就被沒收了。如果沒有祖先拯救，那人可能會聽到「O-ia!」的呼喚，這是「讓他被刺穿!」的命令。

　　儘管夜行者是亡靈，當地有種說法卻稱，在巡遊過後，第二天居民在路上看到了神秘的腳印。

　　早在1883年當地已有夜行者的傳說，或許可以追溯到更古老的年代。一份文獻將夜行巡遊描述為「一支強大的幽靈軍隊……在卡美哈美哈國王的靈魂的帶領下自豪地在夏威夷大島上憤怒地踱步。」

56

全國最鬧鬼的河谷路Riverdale Road
充滿著病態的傳說

從白衣女鬼、幽靈慢跑者、到地獄之門，有人說河谷路是美國最鬧鬼的路之一。圍繞著此曲折的道路，有許多病態的傳說。

地獄之門是否存在？

河谷路(Riverdale Road)是一條連接桑頓和布萊頓的 11 英里長的大道，其「全美國最鬧鬼的道路」的「美譽」來自於多年來流傳故事的累積。有幽靈慢跑者、穿白衣搭便車然後消失的人、美洲原住民墓地對侵入者施加詛咒、邪靈化成的灰狐。就讓我們看看那裡最著名的鬼故事。

消失的汽車

在 20 世紀 70 年代末，一輛超速科邁羅(Camaro)汽車在蜿蜒的道路上失去控制，撞上了附近的一棵樹，司機在撞擊中身亡。

在接下來的幾十年裡，屢屢有司機聲稱看到一輛黑色科邁羅從他們身邊疾馳而過，然後消失在彎道之中。一些車手直覺地認為，那幽靈車試圖煽動他們來一場生死競賽。

復仇慢跑者

在稱為「慢跑者山」的區域，人們可能遇到一隻矢志報復的憤怒靈魂。司機們報告說，聽到一陣急促的腳步聲靠近，幾秒鐘後，擋風玻璃上就離奇出現一只手印，然後幽靈般的拳頭會猛烈砸在汽車兩側。

據說，從前有一個慢跑者，晚上出去跑步，在一個彎道處，一輛超速汽車在撞倒慢跑者。當慢跑者奄奄一息時，那輛不知名的汽車停了下來，傷者乞求幫助，但司機卻不顧而去。之後慢跑者的靈魂便在慢跑山上徘徊，尋找兇手。。

女巫和邪教

　　河谷路亦是邪教徒試圖召喚死去已久的女巫靈魂之聚會地點。

　　根據傳說，幾個世紀前，河谷路沿線的樹木被用來絞死女巫。一眾被指控爲女巫的人，其屍體隨風搖曳。及至近代，警方在沿路廢棄建築中發現了撒旦儀式場所，相信一些人在此進行黑魔法儀式試圖召喚女巫或魔鬼，甚至企圖打開傳說中的地獄之門。

地獄之門

　　「如果生者被死者所困擾，那麼死者也會被他們自己的錯誤所困擾。」

　　1859年，大衛·沃爾珀特(David Wolpert)踏上淘金之旅，他前往新墨西哥州，然後前往丹佛市，後來大衛遇到凱瑟琳·亨德森，兩人相愛並於1864年結婚，大衛放棄黃金夢，定居在河谷路9190號的一所房子裡。

　　到年底，凱瑟琳誕下第一個孩子。大衛決定求助於超自然力量來協助他的農場發展。原來一年前，他搞了一個大型地下養雞場，但時運不濟，雞常常死亡，莊稼也還沒熟就枯萎了。大衛認爲要確保豐收，唯一方法是向魔鬼求助。

　　大衛在地下雞舍的中央雕刻了撒旦和黑魔法的符號，以雞作爲祭品，念誦著魔鬼的話語，並將雞血塗在牆壁和自己身上。深夜的

怪音經常吵著鄰居，一些鄰舍私下討論，計劃進入大衛的土地作出探查。

為了避開外界目光，大衛在土地周圍建造了一扇大門。根據傳說，在他建造完鐵門的第二天，魔鬼終於答應他的要求。那天晚上，大衛·沃爾珀特放火焚燒自己的家，將妻子和剛出生的兒子困在火中。鄰居們趕到現場，但為時已晚，大火吞噬掉那一家人，凱瑟琳和孩子死亡，大衛再也沒有音訊。

被燒毀的房屋在原地保留了幾年後才拆除，但那道大鐵門卻保留了近一個世紀。

許多居民聲稱，如果你穿過大門，而那一刻恰好是昔日大衛妻兒遭毒手的時分，空氣就會變得黏稠，火的氣味會吞沒你。周圍會聽到遠處的腳步聲，黑暗中迴盪著一個女人痛苦的尖叫聲。

無論他們在鐵門外遇到什麼惡靈，惡靈都會跟著他們回家，有人說這是來自地獄的惡魔附在生者身上。該地點最終贏得了「地獄之門」的綽號。

不過，研究者翻查資料，得悉大衛與妻子、三個孩子都過著健康生活。大衛於 1909 年去世，而妻子凱瑟琳於 1915 年去世，比丈夫更遲離世。因此大衛因與魔鬼交易而殺害妻子及子女、以及地獄之門的都市傳說，應該都是編造出來的。

57

莎莉之家Sallie House
連參觀者也可能受到影響

地點：堪薩斯州艾奇遜市第二街北508號

這棟住宅在過去數十年裡備受媒體關注，各種幻影、聲音，自行移動的物體，靈異現象層出不窮。

莎莉之家

這棟房子建於1800年代中期。故事由查爾斯·芬尼醫生買下住所開始，他把房子的前面用作診症室，自己和家人則住在樓上。有一天，一位母親帶著6歲的女兒莎莉來看病，孩子劇烈腹痛。芬尼醫生診斷出闌尾炎，判斷闌尾很快會破裂，不能再拖，於是他在麻醉藥完全生效前開始動手術。可惜莎莉捱不過，死在手術台上。

這就是這屋子裡著名的幽靈——莎莉的起源。

另一個版本說，芬尼醫生與非裔美國女傭有染，莎莉是他與女傭的私生兒。某天小女孩生病了，母親把她帶到芬尼那裡，因為芬尼擔心婚外情曝光，不肯讓莎莉去醫院。芬尼判斷闌尾炎情況緊急，他決定親自進行手術，結果莎莉不治。她的母親非常忿怒，襲擊芬尼醫生，也許糾纏中出現意外，又也許芬尼惱羞成怒一不做二不休，這位女傭也死了。醫生連忙搬走，自此莎莉和母親的亡魂就留在房子裡。

直到1990年代中期，莎莉的悲慘故事逐漸引起全國關注。當時的黛布拉和托尼·皮克曼搬進這房子，慢慢發現家裡十分不對勁。他們的狗經常無端哮叫、出現不明原因的聲音、燈光自行變暗、物體會自行移動。兒子出生後，這種超自然現象更為頻繁，家居用品開始長出奇怪的黴菌。

猛鬼之家

有一次，夫婦外出一天後回家，發現房裡所有毛絨玩具在地板上圍成一圈。那天晚上，皮克曼感到背部強烈灼熱感，後來他發現脊椎上有三處明顯的刮痕。某一天，在孩子的生日派對上，一個洋娃娃甚至無緣無故著火了。

他們了解過屋裡歷史和莎莉的慘劇，皮克曼曾想過和亡靈和平共處，因為莎莉從未攻擊過妻子或嬰兒。但畢竟過於兇猛，遭受兩年困擾後，皮克曼一家終於搬了出去。

其後陸續有各式各樣的人到訪這房子，據報告，歷來目睹的事件包括：

· 一個年輕女孩的幻影，許多人認為她是莎莉；以及站在窗戶裡一位婦女的幻影，人們認為它可能是莎莉的母親；
· 蠟燭會自行點燃；
· 物體會自行升起並在空中移動；
· 來源不明的男人、女人和兒童的聲音；
· 晚上刮牆壁、伴隨著家具移動的聲音；
· 視訊和調查設備無故停頓；
· 電池立即充滿並完全耗盡；
· 參觀後身體出現不明原因的抓傷或瘀傷；
· 感到有看不見的身體接觸；
· 受過訓練的導盲犬拒絕進入。

有些人認為，莎莉之家可能是靈界與人間的「門戶」。2000年代初期，住宅被發現地下室地板繪著五角星，還有撒旦儀式的殘餘物。

　　有些超自然研究小組進行了魯米諾測試（魯米諾是一種在黑光下突顯血液中蛋白質的物質），測試結果顯示主臥室壁櫥中有血跡。他們相信，莎莉並不是屋裡唯一鬼魂，還有一名中年婦女，據說那些襲擊事件都是它出手，因為母親亡魂仍十分忿怒，但莎莉是一個快樂的幽靈，渴望與搬進來的孩子們一起玩耍。

58

白馬酒館The White Horse Tavern
美國最古老的酒館

地點：羅德島州紐波特

羅德島州紐波特的白馬酒館是美國仍在營業的最古老酒館，被列入國家歷史名勝名錄。最特別的是，這裡是幾隻鬼魂盤據的家。

白馬酒館
(Kenneth C. Zirkel, CC BY-SA 4.0, via Wikimedia Commons)

1673年，這棟建築物已用來經營酒館，1730年更名為白馬酒館至今。悠久的歷史、美麗的結構、高檔的氛圍，是它的特色；當然，這座老建築的另一特色之處，是號稱幾個幽靈的家。

這麼多年來，工作人員及顧客曾目睹或感受過什麼呢？

· 一個死去多年的老年男客人，他穿著普通、破舊的服裝。出現時，看到它的人都感到像是一個實體多於靈體。它通常坐在壁爐旁，已多次為人目睹；
· 看不見的幽靈會拍拍工作人員肩膀，據說它是建築物的守護者；
· 二樓洗手間傳來小女孩哭泣聲，但當時沒有人在那裡。幽靈也出現在樓上的男廁；
· 一個女性的靈體漂浮在餐桌上方，有人拍下照片；
· 無人房間傳出沉重的腳步聲。

白馬酒館簡史

1673年，老威廉·梅耶斯（William Mayes Sr.）看中一棟建築物的商業潛力並買下它。擴建後，建築物變成了酒館和客棧。在接下來的200年裡，除了短暫的中斷之外，酒館一直屬於尼科爾斯家族。1730年，喬納森·尼科爾斯（Jonathan Nichols）成為酒館老闆，並將酒館命名為「白馬酒館」。

這棟古老建築儘管歷史悠久，其鬧鬼事件卻不是每宗都找到歷史背景，但那隻穿著普通、破舊的殖民地服裝，愛坐在壁爐旁的老

男人幽靈，卻有一些資料。

1720年代，一名穿著破舊的殖民地服裝男子在睡夢中去世，死在旅館裡。由於男子死亡原因不明，當局估計有人患傳染病，被懷疑的人是瑪麗・尼科爾斯和一名在旅館工作的印度女孩。於是瑪麗和印度女孩送往納拉甘西特灣的考斯特港島，該島當時被用作隔離島。在那裡，兩名女士都感染了天花。瑪麗倖免於難，後來回家，但印度女孩卻死於天花。

59

白女士巷的傳奇The White Lady's Lane
穿睡衣死去的悲慘女子

地點：北達科他州泰特勞特森林的窄路

走在「白女士巷」，相傳你會失去了時間的感受，那是一種不祥的恐懼、憂鬱、不安的感覺。在晚上，你可能在那裡見到一個穿白色睡衣的幽靈。

陰森的「白女士巷」

沿著北達科他州一條老路向西行駛，在9號縣道上，穿越勒羅伊鎮和瓦爾哈拉鎮之間的泰特勞特森林，當這條路最窄的時候，你會遇到一道名為「艾迪橋」的破舊小橋，居民將其稱為「白女士巷」。據說「安娜目擊事件」在艾迪橋一帶最常見。

但以上僅是傳聞，事實上該地區並沒有「艾迪橋」的任何資訊。我們姑且當作那是一條像橋一般的窄路吧。鬧鬼的主角，名為安娜‧斯托里（Anna Story），她因何喪生，為何徘徊在「白女士巷」，有兩個版本的傳說。

版本1：因流產而輕生
一個年輕女子，生活在宗教信仰非常嚴格的家庭，偏偏她未婚懷孕了。女孩的父母發現了這一秘密，強迫女孩嫁給那讓她懷孕的男人。

由於環境壓力，年輕女子結婚後不久便流產，陷入了極度悲傷和憂鬱之中。在情緒化的狀態下，女孩深夜離家出走。

清晨，新婚丈夫發現新娘不在床上，家人紛紛四出尋找。最後，女孩被發現吊死在泰特勞特森林內的窄橋下，繩子相信是女孩自己綁上的。

版本2：兇手心生不忍繼而殺人
20世紀初，16歲的安娜‧斯托里經過瓦爾哈拉（Walhalla）鎮

時，引起了一位名叫山姆‧卡利爾(Samuel Kalil)的年長男子注意。

山姆是敘利亞小販，他駕駛一輛裝滿家庭用品的馬車來到北達科他州瓦爾哈拉小鎮，打算出售這些物品謀生。山姆在兜售商品時結識了安娜，這名男子立即陷入單戀。

不久後，山姆找到安娜的父母，提出求婚，但遭到安娜母親拒絕。

山姆與安娜的母親討價還價，不住炫耀馬車裡的東西。結果兩人達成協議：一年之後，山姆可以與安娜結婚，交換條件是一卡貴重的貨品。

一年過去了，山姆回到瓦爾哈拉去迎娶安娜。然而，安娜的母親食言了，並且不肯歸還任何物品。

當夜，當安娜一家在床上熟睡，山姆闖入他們的家，走入安娜的臥室，拔出手槍向她開槍，把安娜殺死。

那一種說法是，身穿睡衣的安娜死前曾與山姆搏鬥，但遭山姆近距離向胸部開槍，當場死亡。母親試圖攔截，然後山姆向安娜母親也開了一槍，子彈打碎其下巴，然而這名貪婪的母親倖存下來。

安娜的家人跳出窗戶，跑到鄰居家求救。意想不到的是，山姆

射殺安娜與母親後，意圖吞槍自盡，卻卡彈了。隨後他用隨身攜帶的生鏽舊小刀，試圖割斷自己的喉嚨卻又失敗，警察抵達順利逮捕了他。山姆沒有反抗並承認罪行。

傳說，安娜的靈魂還未準備好自己已死，徘徊在深沉黑夜中，迷失在黑暗荒野裡，逗留在寧靜的泰特勞特森林。

山姆在俾斯麥州立監獄被判處終身監禁，但大約十年後在 71 歲時被明尼蘇達州當局釋放。

《The Ward County Independent》報道山姆·卡利爾謀殺案

人們可以找到一名叫山姆‧卡利爾(Samuel Kalil)的男子的眞實記錄，他在1921年開槍射殺了16歲女孩安娜‧斯托里(Anna Story)。官方故事的部分與傳說略有不同，但大體而言，由於有眞實謀殺案爲基礎，令此傳說增添不少可信度。

　　傳言說，如果你開車行駛在白色女士巷，很可能會看到安娜的幽靈，她仍然穿著那件睡衣，在路上來回踱步。

60

樹林裡的女巫Witch In the Woods
靈魂出賣給魔鬼的老婦

地點：阿拉巴馬州加茲登海因茲路樹林

在阿拉巴馬州加茲登海因茲路樹林裡的一間小屋，據說有一隻女巫的幽靈。如果你膽敢晚上走近該處，女巫就會衝向你，尖叫著說：她已把靈魂出賣給魔鬼。

林中女巫

「林中女巫」是阿拉巴馬州流傳已久的都市傳說。故事發生在阿拉巴馬州加茲登樹林深處的欣茲路(Hinds Road)，根據當地的民間傳說，一個衣衫不整的女人會出現，告訴你她把靈魂出賣給了魔鬼。這女巫已經在這裡待了近一個世紀，沒有任何離開的跡象。

據說，欣茲路那裡有一個洞穴，此山洞其實是一個古老的煤礦井。昔日不少工作人員需到煤礦井挖煤謀生。

附近住著一個女巫，她叫托比特，她不喜歡有人靠近其住處，因此多年來一直恐嚇鎮上的居民。相傳，她也會殺害膽敢爬山尋找她的青少年，飲他們的血，還拿來沐浴，藉此保持青春。然後她會用受害者的骨頭來裝飾小屋，把其餘骨頭存放在洞穴裡。

傳說的另一版本是：老巫婆住在池塘邊的一個窪地底部的小屋裡。她常常從城裡綁架孩子，綁著他們的手腳，丟進池塘裡當祭品，用魔法召喚出地獄太來守護她的財產。鎮上居民受夠了，糾眾找出女巫，放火燒掉她的小屋，活活燒死了她。可是，女巫雖死亡，邪惡靈魂仍然存在，一直困擾著當地。

有一種說法指，那裡確實有一間小房子，裡面住著一位老婦人，但她不是女巫，只是個和善的老太太。她飼養了一隻大黑狗，但當然不是從地獄召喚出來的。這位女士死後，房子確實在某個時候被燒毀。事隔許多年，如今已無人找到那間小屋的所在。

CHAPTER 4

61

奧克蘭公墓黑天使
Black Angel of Oakland Cemetery
越殺得人多就越黑

地點：愛荷華州愛荷華市布朗街1000號奧克蘭公墓

自豎立以來，這座八英尺半高的雕像一直充滿詭秘的傳聞。大抵因為世人相信黑天使是受到詛咒的邪惡墮落天使。

黑天使雕像
(Billwhittaker at English Wikipedia, CC BY-SA 3.0, via Wikimedia Commons)

雕像由波西米亞移民特蕾莎・多爾扎爾・費爾德維特（Teresa Dolezal Feldevert）委託製作的，她由波西米亞移居到愛荷華州。

她那年幼的兒子艾迪（Eddie）18歲那年因腦膜炎去世，1891年葬於奧克蘭公墓，墓碑上有一座樹樁紀念碑。1911年，特蕾莎的丈夫尼古拉斯・費爾德維特去世。特蕾莎聘請波西米亞藝術家馬里奧・科貝爾爲丈夫和兒子的墳墓製作了一個雕像。

這座雕像最初如費爾德維特夫人要求般，是金色（青銅色）的天使，但後來，金天使變成了黑天使，這除了使費爾德維特夫人和雕塑家打起官司來，還出現了無數傳聞：

· 每經歷一個萬聖節，天使會變得更黑，以標記過去一年內被它殺死的人；
· 任何親吻天使的人都會立即死亡；
· 毀壞天使也會帶來死亡；
· 任何在月光下親吻雕像（或在雕像附近親吻）的女孩都會在6個月內死亡；
· 如果處女被黑天使親吻，那麼雕像就會變成白色；
· 如果你凝視天使的眼睛或觸摸她，你就會患上不治之症；
· 孕婦觸碰就會流產。

1924 年 11 月 18 日，特蕾莎本人去世，被安葬在雕像下方。

那麼，天使究竟因何變黑？其實但凡青銅雕塑，尤其是保存不當的青銅雕塑，難免會變色。青銅是一種由銅和鋅組成的合金，有時還含有其他金屬，如鋁、錳、鎳或鋅。不同金屬組合就會改變顏色。

青銅暴露在熱、冷、風和雨底下，它會氧化，令顏色變暗，有時變成深綠色，很多時候變黑。至於爲什麼其他墓地不常傳出如黑天使的傳聞，原因是墓地雕像，較少採用青銅爲物料，因此像奧克蘭公墓的黑天使，便比較罕見。

62

黑瞳孩子the Black-eyed children
他的要求不得不從

地點：美國各處

什麼是黑瞳孩子？那是一種超自然生物的都市傳說。這些生物類似於6至16歲之間的兒童，皮膚蒼白，眼睛黑色。他們出現時，通常會向人提出一些要求，如搭便車、乞討。

黑瞳孩子

他們有時被稱為「bek」，是「Black-eyed」的簡化。眾多的「bek」目擊個案裡，似乎都有相類的「故事情節」。

· 首先，一個孩子會來你家敲門，或站在車窗前尋求協助；
· 他們通常穿著深色衣服，或連帽運動衫；
· 有時，他們兩人甚至更多人一起出現；
· 然後，他們會提出某種請求，例如想進入你的房子或車裡，或借手機給某人打電話；
· 如果你拒絕，他們語氣轉趨強硬，例如「你必須讓我進去」。或者他們會說「拜託，我需要打電話給某人」，總之，堅持不懈；
· 他們看起來並不具威脅性。但凡遇到他們的人，幾乎都感受到難以言喻的恐懼；
· 然後你會在不願意的情況下開始提供協助，彷彿受他們控制了思想；
· 最後，孩子們會抬起頭，或脫下兜帽，露出死氣沉沉、從眼瞼到眼球完全漆黑，仿如沒有鞏膜或瞳孔的眼睛。

外星人還是魔鬼之子？

除了眼睛純黑外，「黑瞳孩子」通常看起來很正常。沒有人知道他們從何而來。有人認為，黑眼兒童是嘗試接觸地球人的外星生物；有人相信他們是魔鬼的孩子，誰讓他們入屋，等於允許魔鬼進入他的生活。

坊間大多數資料說，這傳說起源於1996年德克薩斯州一位名叫

布萊恩‧貝瑟爾(Brian Bethel)的記者所寫的帖子,他講述了自己及另一位來自俄勒岡州波特蘭的朋友的經歷。2012年,貝塞爾現身於調查節目《美國的怪物與神秘事件》,堅稱自己的故事是真實的。

　　他講述的其中一個故事是這樣的;在佛蒙特州偏僻的白雪小鎮裡,一對老夫婦聽到三聲響亮的敲門聲。一開門,看到一男一女兩個孩子。「爸媽馬上就來了,我們可以進來嗎?」孩子們沒有眼神交流,只是站在門口。老夫婦猶豫了一下,過了一會兒,還是讓男孩和女孩進去了。

　　孩子們坐在沙發上,老婦人煮了一些熱巧克力奶,老先生問了一些問題,但孩子沒有回答。老婦人發現家中貓咪對孩子們感到害怕。

　　「我們可以使用一下洗手間嗎?」老婦人望著孩子,終於發現他們的眼睛像沒有星星的宇宙一樣漆黑。她帶他們去洗手間,回到丈夫身邊,老先生用手搗著正流著鼻血的臉。「你看到他們的眼睛了嗎?」

　　突然停電了,房子裡一片漆黑。老婦人走向洗手間,走廊盡頭傳來孩子們的聲音:「我們的父母在這裡。」然後孩子們離開了房子,門敞開著。老婦人見到車道盡頭有兩個男人,男人又高又瘦。老婦人揮手致意,但沒有得到回應。隨後,兩名男子和孩子駕駛一輛車離開。

孩子們離開後，電力又恢復了。接下來的一周，房子裡不斷發生奇怪的事。有三隻貓失蹤了，第四隻死在血泊中。丈夫繼續流鼻血，看醫生得悉患上非常侵襲性的皮膚癌。

　　除了美國，這都市傳說亦在歐洲如英國等流傳，未知是以訛傳訛式散播，還是「黑瞳孩子」遊歷美國後，跑到歐洲去了。

63

兔人 The Bunnyman
源自眞實瘋子的都市傳說

地點：維吉尼亞克利夫頓鎭

萬聖節午夜鐘聲敲響時，一名身穿白兔裝的殺手正在潛伏。傳說，只要說出他的名字三遍，他就會出現，但別指望能活下來。他會割斷你的喉嚨，把你的身體懸在橋上。

兔人

在馬納薩斯和費爾法克斯車站之間樹林中的克利夫頓鎮，成千上萬的人來到克利夫頓鬧鬼小徑(Clifton Haunted Trail)體驗驚險刺激。該小徑的網站上有一幅令人毛骨悚然的插圖，上面畫著一個穿著兔子服的男人。兔人的起源有兩大說法：

版本1：逃脫的囚犯

20世紀初，克利夫頓鎮與費爾法克斯車站之間的樹林深處，有一間庇護監獄。因費爾法克斯縣的居民人口不斷增長，居民又不斷請願，1904年庇護所終於關閉。將囚犯轉移到新設施的過程中，運送的巴士撞上了一棵樹，一些囚犯死亡，另一些乘機逃跑，但都被抓回，除了其中一人——道格拉斯‧格里芬(Douglas Grifon)

其後，他住在樹林裡，靠著吃林地生物(例如兔子)維生。追捕他的過程中，鎮上出現許多給肢解、內臟掏空了的兔子屍體，掛在當時稱為費爾法克斯車站橋的地方。到了萬聖節之夜，幾個青少年在橋下閒逛。午夜鐘聲敲響時，他們遭到攻擊。第二天早上，人們發現青少人遭掛在橋上，喉嚨被割斷、內臟被挖空，像兔子一樣。警方把失蹤囚犯道格拉斯列為嫌疑人，並稱他為「兔人」。從此這座橋就稱為「兔人橋」。

版本2：精神病人

1800年代中期，維吉尼亞州克利夫頓鎮剛起步。內戰後的環境，國民生活艱難。有一天，一個男人吻別了妻兒後出外謀生，幾個小時後他回家了，令他震驚的是，妻子和孩子已被殺害，屍體殘

缺不全。報警後，經過一番調查，警方相信是該男子本人謀殺了妻子和孩子。儘管他否認，還是被逮捕了。

失去家人還被指控犯下謀殺罪，或許對男子來說太大打擊，他被送進了精神病院。男子發誓逃跑，矢志報仇。一段時間後，他成功逃離病院，回到小鎮，躲在樹林裡，於一道橋附近匿藏。他開始捕獵兔子，吃兔子的內臟，用兔子的皮做衣服。當地人在樹林裡發現掛在樹上的兔子屍體，給他取了個綽號「兔人」。

不久，鎮上開始有孩子失蹤。警方追查到橋下，看到孩子們殘缺不全的屍體懸掛在橋下，一如男子的妻子和孩子。忽然間，「兔人」的笑聲引起警長的注意，循聲音一看，只見那男子跳向迎面而來的火車，結束了自己的生命。據說直到今天，在天橋附近的樹林，人們仍可以聽到兔人的恐怖笑聲。

上述兩個版本的故事日後流傳至美國不同地區，令傳說出現很多變體，但大多數皆涉及一個穿著兔子套裝的人，用斧頭攻擊人。

傳說真相？

專家認為，無論監獄或精神病院的傳聞皆不可信。因為克利夫頓附近根本沒有精神病院，最近的精神病院是中央瘋人院，距離該處125英里。另外，洛頓監獄直到1916年才開放，那已經是傳說故事發生的多年後。再者，費爾法克斯沒有道格拉斯‧格里芬的法庭記錄，亦沒有一群孩子被殺害並吊在橋上的記錄。

費爾法克斯公共圖書館的歷史學家兼檔案管理員布萊恩‧康利（Brian Conley）於2008年12月發表了一篇論文《揭開面紗的兔人：都市傳奇的眞實生活起源》，闡述這則都市傳說的起源。這可能是兔人的眞實故事：

1949年2月，一名母親和她8個月大的女嬰慘遭殺害。那母親與嬰兒、丈夫乘車途中失蹤。警方其後從一個墳墓中發現了受害者。這名女子遭到毆打和槍殺，女嬰遭活埋。丈夫最終被捕、定罪並被送往精神病院。

接下來，布萊恩搜尋有沒有穿著兔子服裝的男子在華盛頓地區恐嚇他人的證據。他發現1970年10月22日《華盛頓郵報》有一則報道，標題是：「費爾法克斯正在尋找穿兔子裝的男人」。

1970年10月18日寒冷的夜晚，空軍學院學員羅伯特‧貝內特和未婚妻坐在一輛汽車裡。午夜接近貝內特叔叔家附近時，一名穿著看起來像灰或白色西裝的男子，忽然從樹林裡走了出來。貝內特聲稱，那名男子的頭上戴著像兔子耳朵的東西。

那人一手拿著一把木斧，對羅伯特和他未婚妻大喊大叫。二人大感震驚，一時間反應不過來。隨後該男子用力將斧頭扔向汽車，砸碎了前窗。兩人沒有受傷，連忙掉頭開車，留下那瘋子，看著他消失在樹林裡。

兩周後的10月30日，私人保安保羅‧菲利普斯目睹該男子站在一所房屋的前廊處。保羅走近詢問他在做什麼。「兔人」開始敲打門廊的柱子，喊道：「你們這些人擅自闖入這裡。如果你再不離開這裡，我就打爆你的頭。」

保羅想從車裡取出武器，但當他一轉身，已瞥見男子跑進樹林，自此消失不見。而這次瘋子出現的位置，距離最初的目擊事件僅一個街區。

費爾法克斯縣警方進行調查，尋找一名約十幾歲或二十歲出頭、穿著兔子服裝的男性，但未能找到任何線索，最終成為懸案。

布萊恩推斷「兔人」都市傳說正是糅合上述兩宗案件(母女被殺，丈夫送精神病院；穿著兔子服裝襲擊人的男子)而衍生出來。

被詛咒的橋

不過布萊恩的理論裡，沒有傳說中那道「橋」的元素。其實，那道被指為「兔人橋」的地方(位於科爾切斯特路6498號)，雖然未必出現過兔人，卻確實並不風平浪靜。

橋下謀殺案在該處數十年來時有發生。1943年萬聖節，六名青少年被發現死亡。1976年，又增加了三個。1987年，又有四人死亡。

是不是因爲橋下煞氣太重，當地人漸漸把「橋」與「兔人」傳說結合，派生出兔人橋？無論如何，這則都市傳說，雖然未必完全眞實，但也不是子虛烏有，相當令人不寒而慄。

64

糖果女士The Candy Lady
誘惑小孩的邪惡陷阱

地點：德克薩斯州

相傳，糖果女士的鬼魂會用窗台上的糖果來誘惑孩子。

出現在窗邊引誘小孩的糖果。

　　克拉拉・克蘭(Clara Crane)出生於 1871 年。傳說，這個一百五十多年前的人，亡魂依然在特雷爾小鎮作祟。

她的丈夫是一位年長的農民，名叫倫納德・吉爾伯特・克蘭（Leonard Gilbert Crane），兩人育有一個小女孩，名叫瑪塞拉（Marcella）。

　　不幸的是，有一次倫納德工作時因飲酒釀成意外，五歲的瑪塞拉在田野裡發生事故，不幸身亡。

　　克拉拉將女兒的死歸咎於倫納德。事發兩年後，克拉拉仍沉浸於悲傷之中，對丈夫仍感到憤怒，決定報仇。

　　1895年，她拿了些自製的焦糖給丈夫，這是他最喜歡的甜食。可是，焦糖中摻了毒藥，倫納德吃後就死了。

　　第二天，鄰居注意到克拉拉「顫抖和瘋狂的狀態」，有點不對勁，找來縣治安官弗雷德・斯普林格（Fred Springer），克拉拉知道後發狂攻擊，因而被拘留。

　　警長發現倫納德的屍體下落，克拉拉因一級謀殺罪受審，被監禁在北德克薩斯州瘋人院（後來稱為特雷爾州立醫院）。

　　1899年，瘋人院人滿為患，克拉拉獲釋，人們相信她回到了家庭農場。

糖果女士出沒

　　然而，這則都市傳說由此才開展。

1903年，克拉拉舊莊園附近開始出現兒童失蹤事件。

孩子們說，他們睡醒後，在窗戶上發現有糖果留下。有時糖果的包裝紙上更有「糖果女士」簽名。不久後，包裝紙上更要求孩子們到外面和她一起玩耍。接著，孩子們陸續消失。

幾名兒童失蹤後，鎮上的人認為克拉拉——那個用有毒甜食殺死丈夫的女人——便是兇手。

此外，一位鎮上的農民在田裡發現一些糖果包裝紙，裡面包著腐爛的牙齒。牙齒很小，可能屬於兒童。恐慌籠罩了整個小鎮。

當地警長將抓捕「糖果女士」視為個人任務，可是調查毫無結果，還使他喪命。有一天警長離奇死亡，死在溝渠裡，兩隻眼睛插進了叉子，口袋裡塞滿了糖果。

警長死後，調查從此沒有著落，孩子的失蹤亦告一段落，事件不了了之，至今仍是懸而未決的案件。

跟大多數都市傳說一樣，此故事亦延伸到超自然領域。人們相信，糖果女士的鬼魂仍然用窗台上的糖果來誘惑孩子。她會把貪吃的小孩帶到某個地方，拔掉牙齒，或用叉子刺進他們的眼睛。

65

石化森林的詛咒
The curse of the Petrified Forest National Park in Arizona
歷來許多人中咒後懺悔

地點：亞利桑那州石化森林國家公園

做個有公德心的遊客，遊覽時切勿胡亂取走不屬於你的東西。尤其是，如果從石化森林國家公園帶走石化木，你會受到詛咒。

自1934年以來，國家公園的工作人員源源不斷地歸檔了這些「良心信件」，如今公園的檔案室裡有 1,200 多封歸還化石的道歉信。

亞利桑那州的石化森林國家公園，公園佔地93,533英畝。兩億多年前，這裡長滿高大樹木和豐富植被。該地區是熱帶濕地，溪流眾多。在大雨期間，水道會洪水氾濫，將倒下的樹木沖入沙質洪氾區。後來，火山熔岩摧毀了森林，樹木埋入由火山灰、泥土和水組成的沉積物中。樹木透過全礦化轉變為石頭，這是一種石化過程。數百萬年後，石化的原木因侵蝕而顯露出來。

如果你帶著一塊森林裡的石化木離開，當心因貪念而惹禍，樂極生悲。傳聞公園裡有一條詛咒，任何從國家公園偷走石化木的人皆會招來厄運。他們的餘生只會經歷不幸，直到將石化木歸還原處，打破詛咒。

早在1930年代，這傳聞已流傳得鬧哄哄。不知何時開始，參觀石化森林的遊客反映說，自從於公園拿走了石化木後，似乎受詛咒了。

在石化森林國家公園的彩虹森林博物館，裡頭設有一個房間，專門用來「紀念」這些詛咒的小偷。幾十年來，公園不斷收到郵件，裡面是被盜之木，那是後悔偷竊的遊客所退回的（不知誰人把這些信函取名為「良心信件」）。信中往往敘述他們偷盜以來的不幸，從離婚到入獄，從健康到車禍問題不一而足，竊盜者懇求公園管理員將物品放回原處。

大量信件聲稱詛咒存在

彩虹森林博物館裡的展示品名爲「良心之謎木」。長椅上放著一大塊矽化木。一名男子歸還了它，並自稱是66年前偸走的。顯示器下方有一個三環活頁夾，其中包含來自世界各地的信件。最古老的「良心信」由大約1,200頁充滿愧疚的信件組成，可以追溯到1935年。信件描述了許多人經歷過的厄運：

「你說得對：從森林中獲取木材是一種詛咒。我交往了三年的女朋友在開車回家的路上因我結束生命了。這就是那該死的木頭。」

「這些可憐的岩石給我的愛情生活造成了嚴重的破壞。當這些岩石到達你身邊時，事情應該會恢復正常。如果沒有，我就放棄。沒有日期和絕望。」

「相信我，如果我知道任何一塊石頭都帶有詛咒，我絕對不會拿走這些。自從我們度假回來後，我的生活就被徹底毀了。請收下這些，讓我的生活恢復正常。讓我重新開始。請原諒我拿走這些。」

「當我們在那裡的時候，我們讀到了許多人的來信，他們把木頭還給你，講述了厄運、婚姻破裂和其他不幸的故事。起初，我們不相信這些明顯迷信的人的胡言亂語，但回顧我們家人這三十年來的生活和缺乏運氣，我們開始懷疑這個傳說是否有一定的眞實性。」

究竟此傳說從何而來？藝術家兼教育家瑞安湯普森（Ryan

Thompson)訪問過許多人，得出一個可能的答案：20世紀40年代夏威夷火山國家公園的一名護林員聲稱，將熔岩帶離島上的遊客會受到詛咒，這可能與貝利有關，貝利是當地的火神，據說夏威夷群島的形成也是拜祂所賜。但不知何故，這傳言後來流播到美國。

　　值得一提的是，猶他州的埃斯卡蘭特石化森林州立公園一樣流傳同樣的古老詛咒，一樣常有遊客歸還化石以解除厄運。如果詛咒存在，究竟是什麼人施以詛咒？如果不存在，創作出這種傳說的人，能令如此多的貪心鬼自行把盜竊物歸還，倒真是洞悉人心，手段非常高明。

66

深度冷凍老人Deep Frozen Old Folks
山丘中的低溫技術？

地點：佛蒙特州加萊小鎮

半個多世紀以來，在佛蒙特州某山區，有一則古怪的傳說，外間一度把它當作真實故事廣泛流傳：當地人會在冬天冷凍老人，以節省家庭開支，並在春天把老人解凍復活。

佛蒙特州山區的神奇低溫技術

爲了應付漫長而寒冷的冬季，佛蒙特州山區人找到了一種方法，透過在冬天冷凍老人，以節省食物和能量，並在春天將他們解凍，使用一種特殊的草藥製劑讓他們甦醒。

　　此故事作爲「離奇眞相」流傳了幾十年，不少美國人一度相信是眞的。首先，它在報紙上匿名發表，詳細描述了佛蒙特州人如何在冬天對病人和年老親戚下藥、冷凍的做法；文章聲稱軀體存放在室外，然後在春天用草藥浴恢復活力。然後，到了20世紀30年代，此傳聞重新出現，當時的文章和廣播節目稱爲「絕對眞實」。

　　以下文章，作者聲稱事跡摘自他叔叔威廉斯的日記：

　　「1月7日：今天我去了山上，親眼目睹了對我來說可怕的景象。那裡的居民似乎因爲年齡或其他原因而無法養家糊口，他們在冬季的處理方式會讓讀這本日記的人感到震驚，除非這些人還活著在那個附近。我將描述我所看到的。六人，四男兩女，其中一名男子是三十歲左右的癱子，另外五名已過了有用的年齡，躺在小屋的泥土地板上，被下藥麻醉而失去知覺，而家人則聚集在他們周圍。不一會兒，幾位老人檢查了昏迷不醒的屍體，說：『都準備好了。』然後他們被剝光了所有衣服，只留下一件衣服。然後屍體被運到外面，放在暴露在嚴寒山間空氣中的原木上，由於天氣關係，行動推遲了幾天。

　　屍體被抬出時已是晚上，滿月時不時地被飛雲遮住，照在他們

仰起的、陰森的臉上，一種可怕的迷戀讓我在忍受嚴寒的時候一直盯著屍體。很快，鼻子、耳朵和手指開始變白，然後四肢和臉呈現出牛油般的樣子。我再也受不了寒冷了，走進去，發現朋友們正在愉快地交談。

大約一個小時後，我出去檢查屍體；他們很快就結冰了……我無法拒絕外面那些冰凍的屍體，也無法忍受黑暗，但我坐在洞穴壁爐裡的一塊木頭上，度過了這個沉悶的夜晚。可怕景象使我嚇壞了。

1月8日：終於到來了，但並沒有驅散我心中的恐懼。冰凍的屍體在周圍的雪堆上變得明顯的白色。婦女們聚集在火邊，很快就開始準備早餐。男人們醒了，談話開始，事情呈現出更加愉快的面貌。

早餐後，人們點燃了煙斗，其中一些人牽著一軛牛向森林走去，而另一些人則開始將木板釘在一起，形成一個大約十英尺長、高和寬一半的盒子。完成後，他們在底部放置了大約兩英尺的稻草。然後他們把三具冰凍的屍體放在稻草裡。然後用布蓋住臉部和上半身；盒子裡放了更多的稻草，另外三具屍體放在上面，和第一具一樣，用布和稻草覆蓋。

然後，木板被牢牢地釘在上面，以保護屍體免受在這些山上安家的食肉動物的傷害。這時，與牛隊一起出發的人帶著一大堆雲杉

和鐵杉樹枝回來了，他們把這些樹枝卸在陡峭的壁架腳下，來到房子裡，把裝著屍體的盒子裝到雪橇上，然後把它拉出來。

這些東西很快就堆在盒子上和盒子周圍，盒子上被雪覆蓋，我被告知這些積雪將在這座簡陋的墳墓上方二十英尺深的地方堆積起來。『我們希望我們的男人明年春天能夠種植玉米，』一位看起來很年輕的女人說，她是一名被凍死的男人的妻子，『如果你想看到他們復甦，你可以在明年五月十號左右來這裡。』

有了這個協議，我就離開了那些活著的登山者，並被他們的命運所凍結，回到了我在波士頓的家，幾週後我才恢復了正常，因為我的思緒又回到了那座山及其可怕的墳墓。

5月10日：我在泥濘、不穩定的道路上騎了大約四個小時後，於上午10點到達這裡。這裡的天氣溫暖宜人，除了這裡以外，大部分積雪都消失了，柵欄角和空洞處都有積雪。但大自然還沒有披上綠色的外衣。

我發現去年一月離開這裡的人正準備挖掘他們朋友的屍體。我並沒有指望在那裡能找到任何生命，但一種無法抗拒的感覺促使我去看一看。

我們立刻修復到了那個被人們銘記於心的岩架位置。灌木叢頂部的積雪已經融化，但底部的積雪仍然很深。人們立刻開始工作，

有人鏟雪，有人撕掉灌木叢。很快，盒子就出現了。蓋子被揭掉，稻草層被除去，那些被凍住、顯然沒有生命的屍體被抬出來放在雪上。

　　旁邊放著鐵杉原木做成的大槽，裡面裝滿了溫水，屍體分別放在裡面，頭微微抬起。然後，從掛在附近桿子上的水壺裡將沸水倒入水槽中，直到水槽中的水熱到我可以把手放進去。水的顏色是酒的顏色。

　　在浴缸裡躺了大約一個小時後，屍體開始恢復顏色，所有的手都開始摩擦屍體。這種情況持續了大約一個小時，此時面部和四肢的肌肉輕微抽搐，隨後是可聽見的喘息聲，表明生命並未熄滅，活力正在恢復。然後給他們少量的烈酒，讓他們從喉嚨滴下來。很快地他們就可以吞嚥了，當他們睜開眼睛時，他們開始說話，最後在浴缸裡坐了起來。然後他們被帶出去並被攙扶到屋裡，在那裡吃了一頓豐盛的晚餐後，他們看起來和以前一樣，沒有受傷，但由於四個月的長時間睡眠，他們精神煥發。

　　時代在變，舊的傳統正逐漸消失。如今，我們佛蒙特州人只是多買一雙羊毛襪，然後在爺爺身上多蓋一兩條毯子。」

［上文摘自 Vermont Life 1970 年出版的《山中惡作劇》
(Wesley S. Griswold; from Mischief in the Mountains published by Vermont Life 1970)。］

傳說的起源

研究者追查後，得知這原始故事可追溯到1887年的報紙文章。1887年12月21日，《蒙彼利埃阿格斯與愛國者報》(Montpelier Argus and Patriot)的頭版發表了這一個令人難以置信的〈奇怪的故事〉。講述的正是佛蒙特州北部貧窮家庭宛如魔法的儀式。

其實，作者身份爲艾倫·莫爾斯(Allen Morse)，是一名來自佛蒙特州加萊的農民兼故事創作者，他編造了恐怖故事，寫成小說，由女兒投稿至報紙。沒想到，此小說竟然被視爲眞實事件，幾十年來沒人意識到是虛構的。

67

丹佛國際機場陰謀論
DIA Conspiracy Theories
秘密組織的驚天陰謀

地點：科羅拉州多丹佛市

二十多年來，有關丹佛國際機場(DIA)的陰謀論此起彼落，石像鬼、
納粹跑道、神秘組織、地下掩體、外星人與描繪世界末日的藝術品，
令這個繁忙的機場，平添一份神秘氣氛。

丹佛國際機場(Bmurphy380, CC BY-SA 4.0, via Wikimedia Commons)

圍繞著丹佛國際機場的陰謀論，粗略數算也有十項八項。篇幅所限，以下就羅列最著名的數則：

原住民詛咒

　　機場興建時，遇上許多阻滯與問題，引發DIA最早一批都市傳說。機場設計出現各種問題、施工嚴重超出預算，期間還試過有工人罷工。傳聞指出，這皆因為機場建於古老的美洲原住民墓地，因而受到詛咒。

秘密社團

　　在機場南入口（威斯汀酒店和 RTD 科羅拉多大學 A 線附近）的一塊奉獻牌匾，日期標示為1994年3月19日，包含一個時間膠囊，附帶新世界機場委員會及共濟會的標誌。陰謀論說，共濟會是一個有著數百年歷史的秘密社團，自機場建立以來就一直控制著機場，而且該機場與「新世界秩序」有密切關係。另外，機場周圍也出現「奇怪的標記」，裡面隱藏了秘密訊息或外星語言。

機場的奉獻牌匾
（圖片來源：
DENVER PIBLIC
LIBRARY SPECIAL
COLLECTIONS
AND ARCHIVES）

新世界秩序藝術品

　　機場有40件公共藝術收藏品，其中最著名的是藝術家 Leo Tanguma 創作的28英尺寬的彩色壁畫、東側和西側行李認領區附近的「Notre Denver」石像鬼雕塑，以及佩納大道附近的野馬雕塑──大藍馬（Blucifer）。

　　陰謀論說，這些藝術品預示著「同一個世界政府」（one-world government），地球將有法西斯主義的未來，新世界秩序（或光明會，或爬蟲人等）屆時將消滅大部分人口，並用鐵拳無情地統治著殘存的人類。

利奧・坦古瑪(Leo Tanguma)題爲「世界和平夢想之子」的壁畫(圖片來源：DENVER PIBLIC LIBRARY SPECIAL COLLECTIONS AND ARCHIVES)

這一陰謀論與機場開放時互聯網的興起大致平行，多年來一直受到喬治·諾裡（George Noory）、電視陰謀論支持者文圖拉（Ventura）等主持人推波助瀾。他們指出Tanguma壁畫（位於Jeppesen航站樓5層）暗藏納粹或法西斯圖像；而32英尺、9,000磅重、發光紅眼睛的野馬雕塑則象徵天啟四騎士。傳說雕塑殺死了其創造者路易斯希門尼斯。

納粹跑道、偏遠地區

　　DIA的位置距離丹佛市中心約25英里，爲什麼要設在距離市中心如此遙遠的地方？原因是有軍事上的考量。據說有一條秘密隧道連接DIA和北美防空司令部（NORAD），位於科羅拉多斯普林斯以南近100英里處。

　　另外，DIA的跑道刻意佈置成納粹標誌，那是向法西斯新世界秩序致敬。

DIA的跑道被佈置成納粹標誌
（圖片來源：DENVER PIBLIC LIBRARY SPECIAL COLLECTIONS AND ARCHIVES）

銘文

　　航空大樓不同位置的地板上刻有銘文，有人聲稱那是用某種暗語寫成的，除了秘密組織外沒人知曉意思。不過，專家說銘文是納瓦霍語：

BESH DIT GAII：白色金屬（銀色）

DZIT DIT GAII：白色的山（或更簡單地說，白山）

NIINENII NIICIE：塔洛河（流經DIA附近的南普拉特河支流的納瓦霍語翻譯名稱）

SIS NAAJINI：納瓦荷人的聖山，據說是迪內塔（布蘭卡山或布蘭卡峰）的東部邊界

　　除了納瓦霍銘文之外，地板上還刻有一張礦車圖像，上面刻著字母「Au Ag」。

　　陰謀論說，「Au Ag」是一種稱為澳洲抗原的劇毒病原體，它揭示光明會將用此方式消滅大部分人類。但「官方」說法指Au和Ag分別是金和銀的元素符號，代表科羅拉多州開採金銀的歷史。

納瓦霍語銘文（圖片來源：DENVER PIBLIC LIBRARY SPECIAL COLLECTIONS AND ARCHIVES）

地下掩體和外星人

相傳DIA在地表下設有秘密跑道，每條跑道延伸4或5英里。當時機到來，載有全球精英權貴的大型飛機就可以引導到安全的地下掩體中。

另外，DIA下方隱藏巨大的地下建築群。機場建設期間的混亂，實際上是故意策劃的。因為透過不斷改變計劃、更換承包商和施工人員，才沒有人清楚了解正在興建什麼。

官方說法則指出，機場每天大約1000名員工在地下各樓層工作，加上所有管道和電力基礎設施都位於地下區域最低層，因此在下面隱藏任何東西都是一項不可能的壯舉。

是陰謀論揭露真相，抑或駁斥的官方說法才正確，如果沒有人作出極深入的調查，相信普羅大眾永遠蒙在鼓裡。

68

惡魔椅The Devil's Chair
坐上去後果自負

地點：不同州份

民間故事的「惡魔椅」，依據不同地方，各有自己的傳說。有些說它與「絆倒」的意義連繫一起，有些說坐在上面會倒霉，甚至魔鬼會來找你。

惡魔椅的傳說各處不同。

民間傳說中的「惡魔椅」經常與19世紀美國常見的葬禮相關。依不同的故事情節，膽敢坐在惡魔椅上的人，可能因爲勇氣而受到獎勵，也可能因爲無禮而受到超自然力量懲罰，據說魔鬼甚至出現在膽敢坐在椅子上那人面前。

愛荷華州惡魔椅

愛荷華州格思里聯合公墓有一把水泥鑄造的椅子，位於兩個墳墓之間，人們視之爲惡魔椅。當地傳說稱，坐上的人都會行黴運。

堪薩斯州惡魔椅

堪薩斯魔鬼椅的傳說是這樣的：阿爾瑪的一位老農民拒絕出售土地。有人厭倦了和老農民交涉，又不想等待農民改變主意，於是把農民推入了他自己的井裡。後來，有人說井裡有一股難聞的氣味，所以市府派員調查。但調查後，井底一無所獲，當局還用木板把井封住。後來土地出售了用來興建新墳場。

那個在用木板封起來的井，人們可以坐上去，這就是堪薩斯魔鬼椅，但事前請三心，因爲據說坐在井上的人，之後會神秘失蹤。

69

惡魔谷Devil's Hollow
被燒死的女巫

地點：印第安納州韋恩堡雪松峽谷路

如果在萬聖節前後來到這裡，遊人可能感覺有點異樣，彷彿有位神秘老婦人在附近，神出鬼沒似的。如果在滿月期間前往，據說這感覺更爲強烈。

人們相信那裡在著一名女巫，於是放火燒屋。

在印第安納州韋恩堡樹林深處，位於奧本路（Auburn Road）後

面的雪松峽谷路（Cedar Canyon Road），道路會通往一座小山。山上有一棟被燒毀的房子，屋頂矗立著一個煙囪。

傳說曾經有一個女巫住在那裡，當人們知道她女巫身份，便放火燒屋獵巫，只剩下煙囪。故事的另一版本稱，火災只是一場意外，不變的是老婦同樣死於火災之中。

版本1：家中舉行撒旦儀式

第一個說法是，屋主不僅是女巫，還會在家中與其他女巫或邪教徒進行撒旦儀式，宰殺山羊、豬和其他小動物。當地民眾普遍敬畏上帝，他們不接受這邪門舉動，決定停止這一切。有一天，他們來到老婦人家前，放火焚燒房子，女巫也死在灼熱的火焰中。所有黑暗儀式由此停止，有人猜測邪教轉移到其他地點。

版本2：用謠言驅趕滋擾

一位普通的老婦人被一群青少年滋擾，由於老婦的家位置僻靜，青少年常把那裡當作聚會場所，駕車前往，並在汽上播放刺耳的音樂，飲酒作樂，把地方弄得一塌糊塗。老婦人心想，如果散佈她是女巫的謠言，可能會嚇到青少年，讓他們遠離房子。可惜，她的策略不但不奏效，在一個寂靜的夜晚，房子更被燒毀，而她自己也死在裡面，可悲的是沒有人被指控犯罪。

無論那個原因，老婦人（或女巫）皆懷著怨恨而死。傳說如果你去那兒探訪，可能會感到她的存在。

70

女巫尤妮絲・古迪・科爾
The Legend of Goody Cole
多次被捕受審的疑似女巫

地點：新罕布夏州

來自馬薩諸塞州漢普頓的尤妮絲・古迪・科爾(Eunice "Goody" Cole)，被人強烈懷疑是女巫，一生中曾多次被捕，關進了伊普斯威奇監獄，腿上戴著鐵鏈。

1938年4月3日《聖路易斯郵報》報道尤妮絲・古迪・科爾的事跡。

當大衆認定尤妮絲‧科爾是女巫時，似乎她的一切一切，都給人視爲女巫的象徵。她表情狂野，人們覺得這是放蕩、瘋狂；她習慣自言自語，人們擔心這是唸咒。鎮上死了兩隻牛，民衆都歸咎於她的巫術。據說有群人早上侮辱了尤妮絲，結果她召來旋風，將那群人吹到淺灘群島的海底。民間傳說又稱，尤妮絲可變化爲鷹、狗、貓和猿的形態。

尤妮絲曾在伊普斯維奇監獄被判死刑，指證她的主要證人是安娜‧道爾頓，她堅持自己的嬰孩被尤妮絲施法轉變了。「這不是我的孩子」，她喊道，「這是一個小鬼。沒看出它多老多精明嗎？怎麼又皺又醜？它不會吸走我的奶水：它吸食我的血液，把我撕得皮包骨。」

有一次，她坐在火邊沉思，忽然跟丈夫說，尤妮絲會以貓頭鷹或蝙蝠的形狀從煙囪下來，把它(指嬰兒)帶走。然後他們就可得回眞正屬於自己的孩子。丈夫古德曼‧道爾頓看著妻子憔悴的臉，嘆了口氣。然後，他把手放在妻子頭上，向上帝祈禱，讓她走出陰影，重新愛她的孩子。

當他祈禱的時候，一縷夕陽從窗戶照來，彷彿在微笑的嬰兒臉上形成光環。安娜疑惑地看著嬰兒，忽然喜極而泣，把孩子抱在懷裡，道爾頓擁抱了他們倆，相信妻子已經恢復理智。

因巫術罪而受審

安娜記起可憐的尤妮絲卽將在絞刑架上行刑，她敦促丈夫全速

奔向休厄爾法官，要求釋放尤妮絲。道爾頓終於在晚上十點到達紐伯里，見到那穿著長袍、戴著睡帽的法官，在向他解釋案情後，法官寫了一份釋放尤妮絲的手令。

道爾頓拿著文件，立即騎馬前往伊普斯威奇，尤妮絲終於獲得釋放。

尤妮絲曾多次因巫術罪而受審。1656年，尤妮絲被指控為「漢普頓女巫」，受到審判並定罪，她生命最後20年的大部分時間都被關在波士頓的監獄裡。她年邁的丈夫威廉在她入獄期間去世。最後她回到了新罕布夏州殖民地，當時由馬薩諸塞灣清教徒統治。

她孤獨地死在漢普頓古城中心蘭德山旁的一間小屋裡。她死後，遺體的下場有幾種說法。第一種說法，當地居民將她的屍體扔進了附近溝渠中；第二種說法是從懸崖上丟進海裡。第三種說法稱，她被埋在原本屬於她的40英畝農場上，漢普頓鎮從尤妮絲手中奪走了這塊土地，以支付將她關在波士頓牢房裡的費用。

無論哪個版本，不管棄屍或埋屍，當漢普頓民眾發現「女巫」屍體時，曾將一根木樁插入她的心臟，以防自己受女巫幽靈的報復，又或防止她變為吸血鬼。

1938年，一個組織想作出彌補，以澄清新罕布夏州唯一被判犯有巫術罪的女性的聲譽。同年3月8日，在第300屆鎮會議上，公民通

過了一項決議，恢復尤妮絲‧科爾作為漢普頓公民的合法地位。在一次公開儀式上，關於她的所有法庭文件、核證副本均被燒毀，與她最後住家的土壤混合在一起。該甕本應被埋葬，但多年後送給塔克博物館。

由於1938年意圖恢復尤妮絲公民身份的行動，令多家報紙、廣播電台都講述她的故事。1938年8月25日，她的追思會向全國轉播。

傳說，1939年至1963年間，新罕布夏州漢普頓鎮有人看到一名神秘女子在鎮上閒逛。一位藍眼睛、灰頭髮的老婦人在鎮上閒逛，詢問人們尤妮絲的紀念碑在哪裡。一名警察看到老婦人在墓園裡閒逛，讀著碑上的字，問她在做什麼。老婦人說她正在四處走動，就像過去幾百年來一直在做的那樣。當警察用手電筒照她時，她已經不見了。

71

湖底的鋼琴音樂
Gardner Lake's Piano Music
一場「搬家」的意外

地點：塞勒姆加德納湖

2009年動畫電影《沖天救兵》(《Up》)裡，老伯將大量汽球綁著木屋，汽球竟使木屋飛起來，由此主人翁與木屋開展一段奇妙旅程。

廣東話把搬遷叫作「搬屋」，當然不是真的連屋子都搬走。但1895年美國有戶人家，當真搬家兼「搬屋」，還留下一則都市傳說。

一棟房子逐漸沉入湖底(Tichnor Brothers, Publisher, Public domain, via Wikimedia Commons)

據說，在寧靜的夏夜，來到加德納湖邊，你可以聽到鋼琴曲。那鋼琴曲的來源，不在湖邊、不在湖面，而在湖底！皆因湖底有棟房子，室內有鋼琴，琴音是從此傳出來的。

一棟完好無缺的房子如何沉入湖底的呢？

古怪的「搬家」方法

托馬斯·拉康特(Thomas LaCount)從加德納湖東岸買入一棟房產，可是沒多久他發現南側有一更理想的位置。他們一家人想搬家，卻又喜歡所住的屋子，於是妙想天想地制定了一個計劃：待冬天湖面結冰後，將房子搬到風景秀麗的加德納湖對面。

1895年，他們聘請了一位名叫 Woodmansee 的承包商來提供專業知識，所得出的方案是：等到冬天湖面結冰，就可以用千斤頂把房子頂起來，架在雪橇上，然後將屋子搬到湖對岸。

1895年2月13日，當日湖上的冰厚達16英寸，理應能夠支撐28噸重的住宅跨越冰面近半英里行程。他們僱用勞工，組裝了十幾匹馬以及必要的纜繩和滑車。房子被頂起來，下面放置了滑道(滑板)。一切準備就緒。

屋子以最短的距離，沿著冰面直線移動。唯一的問題是，他們無法在一天之內把房子搬到湖對岸，所以把房子放在湖中心，打算第二天繼續搬運作業。

然而，擁有該湖水權的福爾米爾斯公司，前一天晚上排出大壩的大量水，在水位和現有冰之間形成了一個危險的差距。結果，在穿過湖大約四分之三的路程時，房子下面的冰開始破裂和彎曲，所有的進展都停止了。

隨著建築物開始陷入冰層，LaCount的搬家計劃不再可行。第二天早上，房子靠近廚房煙囪較重的那側開始傾斜，湖水灌進屋裡。一家人趕緊趕去搶救物品，包括爐子、沙發等等……但由於重量或交通不便，很多東西不得不放棄。其中留下物品之一是沉重的鋼琴。

埋葬湖底

當時《新倫敦日》的一名記者描述了場面：「餐室裡的水幾乎到了天花板。一個漂亮的餐具櫃被凍在房間裡，現在變成了冰庫……樓上房間西端的水已經結冰。灰泥全都裂開了、破碎了……那年春天，隨著冰雪融化，整個房子進一步沉入湖中。但這座建築並沒有消失，而是似乎漂浮著，大部分都被淹沒了，就像一個幽靈。」

正如記者所說，這棟房子並沒有立即下沉，反而在湖面上漂浮了幾年。據說人們還在冬季在建築物內滑冰，或在天氣溫暖時划船到那裡從窗戶釣魚，或從屋頂跳入湖中游泳。但最終它還是沉沒了，來到湖的泥濘底部，猶如水中的墳墓。

直到今天，在湖中潛水的人報告說，這棟房子依然在那裡，部分房屋和家具仍然完好無損，包括前面提到的鋼琴。

　　事件明明不涉靈異，不知何解湖中會出現鋼琴聲。都市傳說偶爾有此特性，未必合理，卻又言之鑿鑿，細究下來，好像有若干真實事件支撐著故事，令人產生無窮幻想。

72

女巫漢娜・克拉納Hannah Cranna
行事霸道的老婦人

地點：康乃狄克州門羅斯特普尼區

生前，她有許多女巫的軼事；死後，漢娜的故事更加傳奇。百多年來，特普尼邪惡女巫的名聲一直伴隨著她。

漢娜與她的公雞。

漢娜‧克蘭納(Hannah Cranna，或稱Hannah Hovey)是真實存在的人物，出生於1783年，去世於1859/60年冬天。她嫁給約瑟夫‧霍維上尉(Captain Joseph Hovey)，而漢娜作為女巫的名聲，在霍維去世後才開始流傳。

有一天晚上，霍維上尉出去散步時不知何故從懸崖上摔了下來，英年早逝。大抵漢娜平素的行徑十分潑辣，不為鄰舍所喜，似乎有人不相信霍維上尉死於「正常」意外。左鄰右里傳言漢娜對丈夫施了魔法，導致他渾渾渾渾噩噩神智不清，才會不經意間摔死。成為寡婦後，漢娜更是令人厭惡。她經常堅持讓鄰居給她免費的食物和柴火，如果他們不答應，她就會憑藉女巫身份來威脅他們。類似故事層出不窮：

霸道行徑

· 一位農民的妻子拒絕送她新鮮出爐的餡餅，漢娜「詛咒」了她，從此這位可憐的女人再也無法烘烤了。
· 一名男子未經漢娜允許下在她家附近的小溪裡釣鱒魚，被漢娜施以詛咒，從此再也沒有釣到過魚。
· 她在克雷格山(Craig Hill)的家中飼養蛇作守衛，並替那些崇拜她的人，施咒攻擊他們的敵人。
· 有位農民對她的巫術真實性嗤之以鼻，漢娜施了一個咒語，讓他那馱了一車乾草的牛不肯前進。
· 漢娜養了一隻名叫「老波瑞阿斯」的公雞，牠每天半夜而不是早上啼叫，令鄰居相當困擾。

有一則傳說更彰顯漢娜的邪惡。有種說法稱，漢娜的丈夫不是約瑟夫，而是塞拉斯‧克蘭納(Silas Cranna)，她因殺夫而踏上女巫之路。話說塞拉斯是個頑固的酒鬼，他大部分時間都在一家酒館喝酒度日，他的生活方式惹惱了漢娜。有一天，目擊者見到漢娜把塞拉斯拖向懸崖的邊緣，他拼命掙扎，但不知是否巫術的緣故，他根本不是憤怒妻子的對手。他掙扎並尖叫求救，但漢娜還是用力一推⋯⋯塞拉斯從此不在人世。

那年頭，被懷疑是女巫的人都難得好下場，詭異地漢娜並未以吊上絞刑或烈火焚身告終。她一直在門羅斯特普尼(Stepney)的家過著舒適的生活，於77歲時自然死亡。

傳奇的葬禮

死後的埋葬故事，使漢娜的傳奇更深入民心。

某夜，公雞叫完了不久，漢娜告訴鄰居，她的死亡日子快到了。「我的棺材必須用手抬到墓地」，她指示道。「日落之前我不能被埋葬。」

「如果你想避免麻煩和精神煩惱，請嚴格遵守我的意願，因為請記住，卽使在我去世之後，我也會留下一些東西，以確保我在這件事上的願望得到尊重和實現。」

漢娜第二天去世了。她明確指示棺材應該用人手一路抬到墓

地，不得用馬車或牛車運送。但村民起初不肯服從。

時值隆冬，雪下得很大，當地人認爲，與其聽從她的遺願，不如用雪橇把棺材拉過雪地。但當隊伍走向墓地時，棺材從雪橇上掉下來，他們再次嘗試，但一次又一次滑落，一路滑回漢娜家前門，甚至連鐵鍊也無法將棺材綁緊。

爲免遇到更多麻煩，亦爲了平息漢娜的憤怒，他們決定返回房子，並在日落前一個小時才重新出發，抬著漢娜遺體，在每一個細節上遵從她最後的指示……終於在日落時分把老巫婆送進了墳墓。他們很高興終於擺脫了她，回到村裡，卻發現漢娜的房子正被火焰吞噬。

當地傳說，一個神秘女人的幽靈時不時地出現在春山路的中間，曾導致一名不幸的司機遇上意外，他的車失去控制，撞上了漢娜的墓碑，最終死亡。

漢娜的墳墓標記爲「HANNAH CRANNA」，而不是Hannah Hovey。這可能基於CRANNA是原本姓氏，立碑者認爲漢娜謀殺了丈夫約瑟夫，所以刻意不冠夫姓的「Hovey」；另一種說法稱，塞拉斯·克蘭納(Silas Cranna)才是她丈夫，因此墓碑上便著「HANNAH CRANNA」。然而，爲免激怒女巫，世人倒不必考究下去了。

73

小丑翰米Homey the Clown
是謠言還是消失了？

地點：北美、芝加哥

有人看到奇怪的小丑跟蹤兒童，試圖讓小童進入他的汽車或貨車。傳說很快流傳開來，稱小丑是一名兒童猥褻者、連環殺手或瘋子，令整個城市陷入惶恐不安。

小丑翰米

「小丑翰米」(Homey the Clown)是一個北美(特別是芝加哥)都市傳說,故事圍繞著一名殺手小丑,掀起1991年的「恐怖小丑熱潮」,一度引起人們歇斯底里。

小丑翰米是以90年代早期喜劇《In Living Color》中達蒙・韋恩斯(Damon Wayans)的角色命名的,據說罪犯所裝扮的就是這個角色。有些目擊者稱見到那小丑拿著一隻襪子,正好劇中的角色也會用襪子來打孩子。

失控的謠言

1991年秋天,隨著萬聖節臨近,芝加哥滿城謠言。居民擔心獨自步行回家並不安全,一個邪惡的傢伙就在附近,因為不久前才有人看到他開貨車駛過。人們稱他為小丑翰米。

大家都說,翰米裝扮成小丑樣子,四處遊蕩,專門引誘小童進入他的白色貨車;又或者,強行帶走孩童,把他們扔進車裡。傳言說翰米是綁匪或強姦犯。又或者,兩者皆是,誰知道呢。

目擊者主要來自兒童,言之鑿鑿的說法從城市不同角落翻滾而出。據報道,這個邪惡的翰米身高5英尺11英寸,體重175磅,有人看到他駕駛一輛貨車,車身顏色計有黑色、白色、紅色、藍色、棕色,車身側面寫著「Ha-Ha」字樣。聲稱目擊的人數之多,幾乎來自芝加哥各處,警方曾推測可能不止一個「翰米」在街上遊蕩。

1991年10月9日，WFLD電視台播放了一段30秒的新聞節目，稱警方將小丑翰米視爲都市傳奇。兩天後，《衛報》引述一位南方人的話說，她堅稱見過翰米。10月16日，《週三日報》刊登了這篇文章：「警方認爲青少年目擊異常小丑的行爲毫無根據。」

　　的確，翰米彷彿悄悄離開小鎮，徹底消失了。如果他真有其人，他來了又走，沒有證據顯示他造成任何傷害。但若說當時根本不曾有人扮小丑意圖犯罪，爲何這麼多人聲稱見過他？專家認爲這是一種集體歇斯底里，可以從心理學找到解釋。

74

克羅普西的傳奇故事
The Legends Of Cropsey
綁架兒童的罪犯

地點：紐約史丹頓島

克羅普西身上和臉上都有駭人的疤痕和燒傷，手上裝有鉤子。他是史丹頓島出沒的殺手，會折磨孩子並加以殺害。

克羅普西

克羅普西（Cropsey）是20世紀70年代在史丹頓島出沒的殺手。傳言說，他是史泰登島精神病院的逃亡者，在社區裡遊蕩，尋找供綁架和殺害的兒童目標。

島上有大片未開發的林地，緊緊毗鄰街道和房屋，樹林裡有廢墟，那就是克羅普西的巢穴。據說克羅普西失去了自己的兒子，導至精神失常，過於悲痛，只好搶走別人的孩子來代替。

真實的殺人犯

傳說往往與現實有若干關連，史丹頓島確實出現過兒童殺人犯，不過他名叫安德烈．蘭德（Andre Rand）。

20世紀80年代，克羅普西的故事成為現實，兒童和年輕人確實開始在史丹頓島周圍失蹤。

罪魁禍首原來是威洛布魯克州立學校（Willowbrook State School）的員工，該學校專門協助發展障礙的兒童。安德烈．蘭德（Andre Rand）是學校的看門人，他無家可歸，住在學校自製的帳篷裡。

他出生於20世紀40年代。1983年，安德烈在威洛布魯克州立學校擔任管理員。當年，他未經學校授權，把一輛載有11名孩子的校車駛出，開往新澤西州紐華克自由國際機場。

沒有人知道他為何這麼做，幸好是次綁架並不成功，孩子們獲

救，他被判處十個月徒刑。

原來，島上居民早察覺有點兒不妥，蘭德喜歡和孩子們一起出去玩，儘管他比孩子大得多。蘭德會帶他們去小餐館吃飯，或一起散步。

1987年，史丹頓又發生狀況。那一年，12歲的珍妮佛‧施威格失蹤了。1988年，安德烈因綁架和一級謀殺孩子而被拘留。較早之前，島上也有失蹤案，但警方當時並未把案件與蘭德聯繫起來。

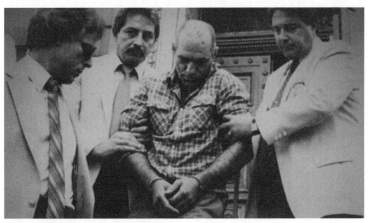

安德烈‧蘭德(Andre Rand)被捕

已有前科

同年，蘭德再被懷疑是愛麗絲‧佩雷拉、霍莉‧安‧休斯、蒂亞希斯‧傑克森和漢克‧加福里奧等孩子失蹤的元兇，但最後只起

訴他綁架霍莉・安・休斯。可是當年所查到的證據有限，失蹤者屍體人間蒸發。陪審團只能確信蘭德綁架了孩子，但無法證明他犯下謀殺罪。

因此，他的兩項罪名均只是觸犯綁架罪。然而，判決之重已反映其罪行嚴重性。1989年，蘭德被判處25年至無期徒刑，須入獄直到2037年，屆時他93歲高齡，才有機會獲得假釋。。

事實上，蘭德早有前科，有針對兒童犯罪的歷史，除了1983年校巴案，還有1969年因企圖性侵一名9歲兒童而被判入獄16個月。判決後，他竟然被聘為威洛布魯克州立學校的管理員，實在令人震驚和難以置信。

另一樣黑暗的現實是：威洛布魯克州立學校本應為學習困難的孩子所設立的，但這學校被指控猶如地獄，孩子們飽受性虐待、體罰和不衛生的環境。可惜直到20世紀70年代，公眾才知道學校臭名昭著。儘管如此，官方還是花了十多年的時間才將學校關閉，並對學校其他工作人員犯下的暴行進行懲罰。

75

失落的荷蘭人金礦
Legend of the Lost Dutchman
涉及隱匿、失蹤、謀殺等元素的金礦

地點：亞利桑那州的迷信山脈

「迷信山脈」一直是尋寶者的夢想，傳說那裡有金礦，有人找到過，但確實地點已湮沒於歷史。

傳說總是提及，韋弗斯針（Weavers Needle）是尋找失落礦井的重要地標。
(Chris C Jones, CC BY-SA 2.5, via Wikimedia Commons)

自古以來，迷信山脈(The Superstition Mountains)已充滿神秘傳說。該地區遍佈古老的懸崖住宅和洞穴，有跡象顯示昔日有人在此居住，但目前尚不清楚這些人是誰，估計是幾個世紀前亞利桑那州這一帶的印第安人。後來，皮馬人和阿帕契人在1800年代佔領了這座山脈。

故事是這樣的，1840年代，北墨西哥的佩拉爾塔(Peralta)家族發掘出一座金礦。不幸返回墨西哥途中，一家人遭到一群當地阿帕契人伏擊殺害。

礦井的傳聞傳遍了整個地區，吸引無數尋寶者來到山上。有些人竭力搜尋，可能已得知礦井的大概位置；有人據說甚至已找到了礦井，但此傳說古怪的地方出現了：當他們試圖折返時，發現礦井已經不在那裡了。

直到1870年代，據說有德國血統的「荷蘭人」雅各布·沃爾茲(Jacob Waltz)在佩拉爾塔(Peralta)後裔的幫助下發現了金礦(因此後世稱之為荷蘭人金礦)。沃爾茲和搭檔雅各布·韋瑟(Jacob Weiser)開採礦山，並在山脈的一處或多處藏匿黃金。後來，韋瑟被殺死亡，可能是阿帕契人所殺，也可能是搭擋沃爾茲出於貪婪而下手。

留下線索

後來，沃爾茲搬到了菲尼克斯，大約20年後，他的健康每況

愈下，於1891年去世。臨死前，他向鄰居朱莉婭·托馬斯(Julia Thomas)透露金礦的位置，含糊不清地說出了幾條線索。接下來幾年裡，朱莉婭和其他尋寶者都未能找到「失落的荷蘭人金礦」。期間，一些尋寶者遭遇厄運，甚至在過程中死亡，這令人對金礦平添一份神秘感，彷彿一股詛咒圍繞著迷信山脈，但凡貪婪的人都沒有好下場。

朱莉婭的探險隊因精疲力盡、缺乏食物和水，不得不放棄金礦，失敗地返回菲尼克斯。這次勘探活動使朱莉婭經濟拮据，幾乎破產。她沒有收入來源，也沒有住處。後來她於1893年7月26日與一位名叫阿爾伯特·謝弗的農場工人結婚。

在謝弗鼓勵下，茱莉亞開始用她記住的資訊製作地圖，說明有關失落金礦的線索。多年來，大量類似地圖湧現，但當各界人士進一步追查時，發現部分地圖是虛構的，有些則因種種原因遺失或毀壞，這一切一切都增加了「失落礦井」的神秘色彩，金礦的存在與所在依然是謎。

1893年4月，一場山洪爆發後，著名的猛獁礦被發現。若以黃金價值每金衡盎司20美元計算，這礦場相當於生產了價值200萬美元的金條。

76

犧牲懸崖The Legend Of Sacrifice Cliff
淒美的古老傳說

地點：蒙大拿州比林斯犧牲懸崖

蒙大拿州比林斯犧牲懸崖的悲劇故事，來自一個古老的美洲原住民傳說。這座懸崖曾經是克羅部落的年輕男孩和男子的冥想之地。某一天，兩個男子回到部落，等著他們的是無法接受的慘狀。

科伯恩山的犧牲懸崖(Sara goth, CC BY-SA 3.0, via Wikimedia Commons)

犧牲懸崖（Sacrifice Cliff）在黃石河南岸科伯恩山（Coburn Hill）一處突出的砂岩露頭處，該地區是一個佔地765英畝的未開發草原、岩石露頭和河岸棲息地。

兩名長期外出偵察的年輕印地安男子，他們是偉大的戰士和獵人。有一天，他們久違地回家，滿心歡喜與家人相聚。

然而回來後，他們看到了一片廢墟，整個村莊都一片死寂。唯有一位老人奄奄一息。他警告二人不要靠近，所有人都病死了。

那是1800年代的「天花大流行」。天花這種病對美洲原住民來說極為危險，約90%美洲原住民因此而死亡。

離世的人包括兩名戰士的妻子、家人和心上人，兩人悲痛欲絕，無法再獨自生活下去。他們互相告訴對方：「讓我們去另一邊（死後的世界或來生之意）與我們的親屬團聚吧。」

於是他們帶著馬匹來到麋鹿河上方的懸崖，蒙住馬匹眼睛策馬前衝，從懸崖上跳下去，這樣他們就可以在另一個世界與家人會合了。

這座美麗而崎嶇的犧牲懸崖亦因而得名。

77

神秘金屬柱Mysterious Monolith
象徵外星文明的藝術品？

地點：猶他州、加州、內華達州等多個地區

自2020年開始，世界陸續有不同地方出現神秘的金屬柱。它們是藝術家的傑作，抑或是外星文明的玩笑？

猶他州沙漠巨柱
(Patrickamackie2 (Patrick A. Mackie), CC BY-SA 4.0)

執筆時最近期的「巨石」，出現在2024年6月15日。內華達州沙漠中出現一塊神秘巨石，它與2020年起全球各處出現的神秘巨石類似。

其實，媒體報導所用的「巨石」，技術上是種誤稱：巨石是一塊單一的大石頭，而近年的神秘柱體，通常造成方尖碑款式的反光金屬柱。英文媒體之所以用Monolith一詞，是因為金屬巨柱與史丹利‧寇比力克1968年執導的電影《2001：太空漫遊》中的黑色巨石甚為相似，予人無限聯想，大家才約定俗成用「巨石」來稱呼這些神秘金屬柱。

2024年6月新發現的高大矩形反光柱坐落於稍微崎嶇的加斯峰附近，加斯峰是內華達州沙漠中的健行區，距離拉斯維加斯以北約一小時車程。

它不是美國的第一塊金屬巨石。最早的一塊於2020年11月在猶他州紅岩地區一個偏遠沙漠峽谷中發現的。猶他金屬巨石矗立在猶他州聖胡安縣北部的紅砂岩槽峽谷中。柱子高3米，由鉚接成三稜柱的金屬片製成。人們調查後認為它是2016年7月至10月期間設置在荒僻峽谷，四年多的時間裡一直沒有引起任何人注意，直到2020年底才被發現。

2020年11月18日，猶他州野生動物資源部的野生動物官員在猶

他州東南部乘坐直升機對大角羊進行調查，飛越偏遠地區的狹縫峽谷時，他似乎見到一根柱子，於是告訴飛行員布雷特．哈欽斯（Bret Hutchings）再次飛越該地點察看。哈欽斯調查後指出，這根柱子似乎是人造的，是人爲插在地下，而不像從天上掉下來。

11月20日，猶他州公共安全部（DPS）在Instagram上發佈了一張柱子的照片。11月23日，猶他州公共安全局在其網站上發佈了該石柱的影片和照片，但以安全爲由並未透露該石柱的位置。

相關部門部門還開玩笑式表示：「無論你來自哪個星球，未經授權在聯邦管理的公共土地上安裝建築物或藝術品都是違法的。」

2020年11月27日，金屬柱子被猶他州摩押的四名居民秘密移除。他們保管近一個月後，將金屬巨石交給土地管理局。

發現這塊巨石後，世界各地也豎起了兩百多根類似的不明來歷金屬柱，包括北美其他地區以及歐洲、南美和澳洲等國家。許多是由當地藝術家故意模仿猶他州巨石建造的。

謎團重重

兩個問題外間最爲關心：誰把金屬柱放在那裡，爲什麼要這樣做？

有些人認爲巨石是由外星訪客放置的，但坊間普遍主張，它是

一件作者未明的概念藝術品。但創作者是誰，亦有不少爭議。

　　惡作劇藝術團體「最著名的藝術家」在社交媒體上聲稱是猶他州和加州的巨石的創作者。該組織甚至在其網站上以45,000美元的價格出售「真實的外星人巨石」。但有趣的是，坊間不是太多人認同此團體的主張。

　　最初，專家認為這可能是已故約翰・麥克拉肯（John McCracken）生前所造的作品。麥克拉肯住在西南沙漠，相信外星人的存在，曾表示有興趣在沙漠中留下一件藝術品。人們拿猶他州的金屬柱和麥克拉肯製作的金屬巨石作比較，發現兩者頗為相似，紐約卓納畫廊主大衛・卓納（David Zwirner）更認為「幾乎相同」。不過，卓納畫廊發言人隨後撤回這項聲明，並表示可能是另一位向麥克拉肯致敬的藝術家創作的。

　　隨後，網民鎖定了另一位藝術家 Petecia Le Fawnhawk，她在秘密的沙漠地點安裝圖騰雕塑，最重要的是，她曾經在猶他州生活和工作。但她向藝術雜誌《Artnet》稱，雖然她「確實有在沙漠中樹立秘密紀念碑的想法」，但她「不能聲稱擁有這個紀念碑」。

　　另外，特拉維斯・肯尼（Travis Kenney）和團隊將加州巨石歸功於他們，並將他們建造金屬巨石的照片發佈到社交媒體上，以證明是他們的作品。

越來越多的證據表明，全球出現的巨石或來自多位藝術家的手筆，而這些作品可能受約翰・麥克拉肯作品的啟發。

意義不明

寇比力克《2001：太空漫遊》戲裡由看不見的外星物種創造的雄偉黑色方塊，似乎意味著人類的進化，暗含外星文明參與。近四年全球出現的金屬巨柱，姑勿論是人爲還是來自「地球以外」，畢竟它與電影中「黑色方塊」頗爲雷同，樹立者是否想暗示什麼外星訊息？有人更指出，金屬柱是外星人所放置，是往返地球的「星際之門」。

可以肯定的是，並非每個人能接受這種科幻構想。美國加州曾出現金屬巨石，一群年輕人高喊「基督爲王！」並開車五個小時去拆除那巨柱，換成一個木製十字架。當中「神創論」與「外星文明論」之爭的痕跡十分明顯。

有人用手機從谷歌地圖尋找金屬巨石位置，發現資料上不包括座標、日期和時間，陰謀論者以此懷疑官方有所隱瞞，與Google這等科技巨頭互相勾結遮蔽公衆知情權。但官方則呼籲群衆不要湧至那些金屬柱的荒僻所在，免生危險，因此不會公佈確實位置數據。

2000年正值全球新冠疫情橫行，有些網民還估計金屬柱與疫情有關，甚至懷疑是「大重置」的按鈕。

陰謀論者認爲，要運送及組裝如此龐大的物體，就算位處偏僻，也不可能沒人目睹，偏偏大部分金屬巨石的出現彷彿「從天而降」，事先沒人聲張也沒人目擊放上互聯網，靜悄悄忽然出現於公衆面前，在這年代近乎不可能。然後它們往往神秘地被人移除，更加欲蓋彌彰。就算部分巨石是藝術家作品，也只是資訊戰中的認知煙幕，目的是掩蓋箇中不可告人的秘密。

78

下水道鱷魚Sewer Alligators
「不可能」的眞實

地點：紐約

一個人口眾多的現代化都市，例如紐約市，地下水道竟然住著鱷魚？相對於各種不明生物(UMA)，「下水道鱷魚」傳說似乎容易令人相信些，畢竟鱷魚並非什麼罕見生物，甚至有人飼養作爲寵物，感覺不足爲奇。

下水道的鱷魚。

故事可以追溯到1920年代末和1930年代初。那時候，人們已流傳鱷魚生活在紐約市和其他城市的下水道。到了20世紀50年代，此傳聞更開始流行起來，一直持續了很多年。

據說這都市傳說來自時任下水道專員的泰迪梅(Teddy May)。據報道，梅自稱在1935年左右，與幾位檢查員在地下隧道中發現鱷魚。

傳說背景：飼養不當胡亂放生

20世紀中葉，美國的一些紀念品商店仍會出售活生生的小鱷魚（養在小魚缸裡），作為新奇的紀念品。有些美國人買來當寵物，可是當鱷魚日漸長大，家人就會把鱷魚沖進馬桶。

根據《紐約時報》報道，該市每年拯救100隻鱷魚，其中一些是家庭式非法飼養的寵物，還有一些是從外面運入的非法商品。

坊間流傳，那些被放生的鱷魚在下水道中生活，以老鼠和垃圾為食，體型巨大。由於缺乏陽光，短吻鱷會患上白化病，亦由於鱷魚接觸了許多不同類型的有毒化學廢水，使牠們產生突變，變得更大並帶有奇怪的顏色。

故事是這樣開始的：1935年下水道檢查員首次報告看到鱷魚，起初下水道專員泰迪梅和其他人都不相信。梅親自調查，真的有所發現：「手電筒的光束照亮了鱷魚，它們的平均長度約為兩英尺。」

然後，梅開始了一場消滅行動，先使用毒餌，然後淹沒側隧道，將鱷魚沖入主要水道，而攜帶0.22步槍的獵人正在那裡等待。1937年，他宣佈「鱷魚」已經消失了。

專家：不可能活得久

繼20世紀30年代有關下水道鱷魚的報導之後，故事經過幾十年的積累，越傳越多版本。有人認為這只是泰迪‧梅創作的幻想故事。然而，紐約市「下水道鱷魚」故事可謂家傳戶曉，曼哈頓還把2月9日訂為「下水道鱷魚日」予以紀念。

動物學家認為，走脫了的鱷魚有機會在下水道中存活很短一段時間，但由於低溫和人類糞便中的細菌，長期存活是不可能的。主要是因為鱷魚是冷血爬蟲類動物，牠們無法像人類一樣自行調節體溫，即透過出汗來降溫或發抖。鱷魚需要在陽光下（或加熱燈）下曬幾個小時來溫暖自己的身體。生活在紐約下水道則無法接觸到日光。沒有陽光的溫暖，短吻鱷最終會處於一種「麻木」的狀態，身體主要功能幾乎停止。鱷魚可以在這種狀態下生存數月，就像在冬天一樣，但如果一直不曬太陽，最終只會死亡。即使在極少數情況下，鱷魚捱得過寒冷和黑暗，成功生存一段時間，也不會變成白化病。

或許「活得長」確有難度，但下水道曾經「存在」鱷魚，事實上已證明並非不可能。2010年8月，紐約警察局在皇后區的下水道中捕獲了一條2英尺（0.61 m）長的小鱷魚。2017年，佛羅里達州奧維耶多的一

名工作人員在一條充滿污泥的管道中發現了一隻5英尺長的鱷魚，估計是在風暴潮期間和寒冷的冬季，短吻鱷有時會躲在排水溝裡，捕食老鼠來補充食物。

這彷彿證明，昔日紐約市的都市傳說，隨時是事實。這可謂難得浮現佐證的都市傳說。

79

100 級墓地樓梯傳說100 Steps Cemetery
死亡預告的幻像

地點：印第安納州克洛弗蘭公墓

墓地裡鬧鬼，一點都不稀奇。這則傳說雖然發生在墓園，特別之處不
在於單純鬧鬼，而是它會告訴你將會如何死去。

前往「百步公墓」的樓梯

　　印第安納州公墓位於40號公路中間，克洛弗蘭以南約半英里
處。公墓面向西，位於一座小山上，俯瞰北縣公路，被稱爲「百步公

墓」、「木匠公墓」或「克洛弗蘭公墓」，吸引了不少靈探愛好者與民俗、歷史研究者到訪。

要參觀這公墓，到訪者必須登上100級台階才能到達山頂。墓地存在兩種不同的詭異傳說。

第一則傳說：在沒有月亮的午夜，訪客必須一邊走一邊數算著階梯。到達山頂時，應數完總共100級。離開時，訪客下樓梯也需再數一下步數。到底部了，訪客應該會驚訝：怎麼不是100級呢？相傳這種登山與下山的階梯級數不一致，是超自然力量造成的。

第二則傳說：同樣地，訪客爬樓梯上頂部時需邊走邊數，到達頂部的100級台階。到了山頂，如果他轉身看一看山下，會看見一個守護墓地的鬼魂，它會施以一種幻像，揭示到訪者未來的死亡方式。訪客離開時走下台階，一邊走一邊再次數算。在地面，如果台階數目與登頂時台階數相同，那麼剛才幻像裡的死亡預告便失效，但如果不一致，訪客就會按照幻影透露的方式死亡。

有人嘗試不踏在梯級來行走，意圖避開幽靈的作弄，據說皆遭到挫敗；登頂過程中如不遵規則，離開小路、或不數步數，一隻魔手就會將訪客推倒，或強行按倒在地。許多人聲稱，幾天後背上現出一個紅色掌印，那正是魔鬼的掌印。

80

女巫之樹The Witches' Tree
女巫怒火的象徵

地點：肯塔基州路易斯維爾

在路易斯維爾(Louisville)，參觀「女巫樹」並留下小飾品以求好運已成爲習俗。那裡的樹枝上，掛著五顏六色的珠子，還有舊馬蹄鐵、萬能鑰匙、十字架和蠟燭之類的護身符，目的是討好女巫。千萬別把這些小玩意隨便拿走，你會受到詛咒。

女巫樹

在路易斯維爾的第六街和公園大道的拐角處，有一棵多節、飽受折磨而畸形的楓樹，樹枝上掛著許多小飾品、珠鏈等。最初，當地人將小飾品掛上去，作用是安撫復仇的女巫，避免她召喚風暴。

根據當地傳說，19世紀末，這棵樹是女巫和巫毒信徒集會的聚集地。他們在那裡舉行儀式，通常不會造成太大的滋擾。

1889年，城市規劃委員會宣佈，決定在一年一度的五一節慶祝活動之前砍掉這棵樹。這讓女巫們非常不高興，警告不要砍樹，然後逃到城鎮西側，那裡有一片森林。逃跑之前，女巫頭目對這座城市下了詛咒，說：「小心路易斯維爾，小心第十一個月！」

當局還是砍倒了這棵樹，豎立一根五月柱。大樹被砍倒的11個月後，1890年3月27日，這座城市遭受了一場極為嚴重的F4級風暴，颶風席捲街道，摧毀了豪宅、學校、倉庫、教堂和火車站，摧毀了路易斯維爾的大部分地區。最終，包括規劃委員會成員在內的近百人喪生、200人受傷。

暴風雨期間，閃電擊中了老巫婆樹的樹樁，一棵新樹開始在那裡生長，取代了舊樹。那是一棵多節、扭曲的樹，至今仍屹立不倒。

無論這故事真實與否，當地人似乎「寧可信其有」，紛紛在樹上和周圍留下小貢品，以平息女巫的怒火。

作者簡介
列宇翔

神秘學作家,自 2015 年書寫相關文章至今,題材涉及神話、神秘生物、惡魔、巫術、巨人、UFO、殭屍、喪屍、吸血鬼、都市傳說等等等等。自 2018 年底在 Youtube 開講神秘學節目「異界默示錄」,節目一如內容般神秘發放(即係不定期的語言偽術),今至已累積近百集。寫文章與做節目周期同樣波幅大難以觸摸,忙碌是原因(也是藉口),真正理由可能是大腦迴路頻寬不足,有時未能從宇宙大數據中下載訊息(即係沒有靈感的語言偽術),心感慚愧但絕口不認錯。

神秘學事典 IV

深層恐懼
美國都市傳說

作者　　　：列宇翔
出版人　　：Nathan Wong
編輯　　　：尼頓
設計　　　：叉燒飯

出版　　　：筆求人工作室有限公司 Seeker Publication Ltd.
地址　　　：觀塘偉業街189號金寶工業大廈2樓A15室
電郵　　　：penseekerhk@gmail.com
網址　　　：www.seekerpublication.com

發行　　　：泛華發行代理有限公司
地址　　　：香港新界將軍澳工業邨駿昌街七號星島新聞集團大廈
查詢　　　：gccd@singtaonewscorp.com

國際書號　：978-988-70099-3-1
出版日期　：2024年7月
定價　　　：港幣158元

筆求人
Seeker Publication